Dirk Petrick

Promille

Beats

Der Autor

Dirk Petrick, 1980 geboren, lebt in Berlin und begeistert mit seinen Büchern auf ganz besondere Weise.
Dem studierten Diplom-Kommunikationswirt kommt dabei seine private Sprech- und Schauspielausbildung zu Gute. In Film und Fernsehen ist er unter anderem als Erdmännchen Junior in dem 3D-Animationsfilm „Konferenz der Tiere" oder als Kurt Hummel in der US-Kultserie „Glee" zu hören.

Bibliografische Information der Deutschen Bibliothek
Die Deutsche Bibliothek verzeichnet diese Publikation in der Deutschen Nationalbibliografie; detaillierte bibliografische Daten sind im Internet über http://dnb.ddb.de abrufbar.

www.buchverlagkempen.de

1. Auflage, Kempen 2019
© 2019 BVK Buch Verlag Kempen GmbH, Kempen

Nach der neuen deutschen Rechtschreibung

Lektorat: Hans-Jürgen van der Gieth, Kempen
Umschlaggestaltung: Robin Fleischer, BVK, unter Verwendung der Fotos von © stock.adobe.com
Gestaltung: Robin Fleischer, BVK
Fotos: © stock.adobe.com
Druck/Bindung: GrafikMediaProduktionsmanagement GmbH, D-Köln

Printed in Europe

Best.-Nr.: LI121, ISBN 978-3-86740-958-2

Inhaltsverzeichnis

Guten Morgen!

Einfach zum Kotzen, wenn man weiß, dass der Alte
ein Alki ist und keiner in der Familie drüber redet.
Was soll das?
Wenn Ma wenigstens die Schlafzimmertür zumachen
würde. Jetzt muss ich mir das Zischen der Bierdosen
doch wieder geben. Jeden Morgen derselbe Scheiß!
Auf dem Weg ins Bad komme ich am Zimmer meiner
Alten vorbei. Es schlürft und schmatzt und seufzt.
Aber morgen hört er auf. Klar! – Ist sein Leben.
Soll er machen. Mir egal.

Am Ende des Flurs gehe ich ins Bad. Ich guck in den
Spiegel über dem Waschbecken. Ein zerknittertes Gesicht mit zerzausten braunen Haaren glotzt mich aus
müden Augen an. Hab bis 1:00 Uhr Tracks gebaut.
Bin ich also auch süchtig? Aber Rappen ist garantiert
besser als Saufen. Ich muss Gas geben und entscheide
mich für 'ne Katzenwäsche.
Danach springe ich runter in die Küche und setze mich
an den Frühstückstisch. Ein Glas Orangensaft steht da
für mich.

„Guten Morgen!", sagt Ma eilig, während sie 'ne halbvolle Flasche Milch in den Kühlschrank stellt. Dann schiebt sie mir die Schüssel mit meinem Lieblingsmüsli rüber.

Ich seh mir ihr Gesicht an. Sie hat ganz schön abgebaut in letzter Zeit – krass dunkle Augenringe. Trotzdem gibt's wie jeden Morgen noch ein Lunch-Paket für die Schule. Pausenbrote müssen sein, wie sie immer sagt.

„Ich bin spät dran! Bis nachher!", ruft sie und rennt aus dem Haus, um zur Arbeit zu fahren. Irgendwie schafft sie das alles. Mein Alter nicht so. Bis der hier unten ankommt, bin ich längst weg.

2 Pausenspacko

Ausgerechnet Leberwurst! Bin ich kein Fan von, besonders wenn Ma wieder zu viel aufs Brot geschmiert hat. Meint sie ja nur gut, aber mir schmeckt's einfach nicht. „Hat Mama dem Kleinen Futti gemacht?" – Fabian, der Spacko ...

Ich weiß nicht warum, aber seit wir in der zehnten Klasse sind, nervt der nur noch. Nicht mal in der Pause kann der seine Klappe halten. Und dann auch noch „Futti"... Was soll'n das heißen? Bin ich etwa ein Hund? Zum Glück muss ich mich nicht anstrengen und mir irgendeinen dummen Spruch ausdenken. Das macht mein Klassenmate Lukas für mich. Er setzt sich zu mir auf die Lehne der Parkbank, die direkt neben der Sporthalle steht.

„Haben Mama und Papa dem Kleinen wieder ein paar Scheine zugesteckt?" Lukas kriegt Fabian an den Eiern. Dem vergeht sein doofes Grinsen. Sein Sandwich vom Schulbistro scheint ihm nicht mehr zu schmecken. Tja, wär er mal entspannt geblieben. Mit einem affigen Laut dreht er sich um und verschwindet im Schulhaus. „Voll das Opfer!", sagt Lukas stolz. „Der dreht doch

bloß durch, weil seine Eltern nur am Schuften sind
und nie was mit ihm machen."

Ich setze ein Lächeln auf und nicke. Als ob bei mir
alles okay wäre …

„Ist mit Samstag alles klar?", wechselt Lukas das
Thema. Seine **Geburtstagsparty** steigt am Samstag.
Ich soll meine Tracks auflegen und rappen.

„Die Chics aus der 10a sind schon ganz heiß auf
dich!", verspricht er mir. Die Party wird groß.
Langsam frage ich mich, wen Lukas nicht eingeladen
hat.

„Was ist? Macht dich das nicht an?", fragt er, weil
ich nichts tue, außer mein Leberwurstbrot zu kauen.

„Klar, ist cool!", sag ich locker. „Ich denk nur über ein
paar Tracks nach, die ich bis Samstag fertig haben
will."

„Geil! Dann haust du was Neues raus?" Lukas fällt
fast von der Bank. So sehr geht er ab.

„Denk nicht, dass das billig wird!", sag ich und grinse
ihn an.

„Ey Alter, ich kann's kaum erwarten, mein Taschengeld
für deine Mucke auszugeben, ehrlich Mann!"

Zum Glück klingelt's. Die Pause ist vorbei. Nicht
auszuhalten, dieses Rumgeschleime. Mas Leberwurst-
brote sind alle, und wir trotten ins Schulgebäude.

3 Der blaue Kasten

Endlich ist der Schultag rum. Sieben Stunden sind genug. Mit dem Bus fahr ich nach Hause. Der braucht 'ne halbe Stunde bis vor meine Haustür. Wir wohnen außerhalb. Bin fast ganz allein im Bus. Nur ein blondes Mädchen aus der Sechsten wohnt noch weiter ab vom Schuss. Die Arme! Aber wahrscheinlich freut sie sich schon auf das Pony, das ihr ihre Eltern geschenkt haben. Damit sie sich so weit draußen nicht erschießt vor Langeweile. Auf mich wartet kein Pony – aber mein Rechner. Er ist der beste Bro, den ich habe, und eigentlich auch der einzige, der mit dem krassesten Sound und den fettesten Beats.

Von der Bushaltestelle laufe ich auf den „blauen Kasten" zu. So hab ich unser Haus wegen der eckigen Form und des Anstrichs getauft. Der Name würde aber auch zu meinem Dad passen, äh zu Alki, meine ich natürlich.

Plötzlich spür ich ein Kribbeln in meinen Zehen. Ich nenn das Creative Vibration, weil an solchen Tagen die geilsten Tracks entstehen.

Als ich die Tür aufmache und in den Flur latsche, kribbelt's nicht mehr. Vorbei! Abtörnendes Schnarchen aus dem Wohnzimmer. Mittagsschlaf bis 15:00 Uhr ist wichtig. – Besonders, wenn man den ganzen Vormittag auf der Arbeit heimlich gesoffen hat.
Seine Fahne reicht bis in die Küche. Auf dem Tisch steht ein Tetra Pak mit Eistee. Genau das Richtige, um mich damit in mein Zimmer zu verkrümeln. Wenn er wach wird, hat er sowieso keine Lust auf Tee.

Bevor ich wieder in den Flur zurückdackel, schiele ich auf der anderen Seite der Küche ins Wohnzimmer. Alki liegt auf dem Sofa. Seine fusseligen Arbeitssocken gucken unter einer braunen Wolldecke hervor. Bestimmt hat ihn meine Ma wieder von der Arbeit abgeholt. Manchmal nimmt ihn auch sein Kollege Michael mit, aber dafür war es heute wohl zu früh. *Na, dann schlaf dich schön aus, damit es dir morgen wieder gut geht* – ha ha – wer's glaubt! Wenn Ma ihn abgeholt hat, weiß ich, was sie jetzt gerade macht. Hoffentlich hat sie den halben Tag im Schreibwarenladen noch rumgekriegt. Sonst meckert bald auch ihr Chef. Alkis Boss reicht's schon lange.

Ich will gerade die Treppe im Flur nach oben schleichen, da rüttelt's an der Tür. Ma kommt mit zwei Tüten in den Händen rein.
„Ach, bist du schon zu Hause?", fragt sie so, als wäre es ihr nicht recht. Kein Wunder! Mir wäre es auch lieber gewesen, ihren Einkauf nicht mitzukriegen.
„Papa geht's heute nicht so!", schiebt sie nach.

Wird wohl auch nicht besser werden mit dem scheiß Alk in deinen Einkauftüten, würde ich ihr am liebsten ins Gesicht schreien. Aber ich sage nichts, nicke nur und geh nach oben in mein Zimmer. Ma höre ich mit den Flaschen klappern. Ich lass mich aufs Bett fallen und spüre wieder diesen Druck auf der Brust. **Warum kann ich sie nicht einfach mal fragen, wie es ihr geht?**

4 Überraschungsparty

Ein paar Tage später. Samstag. Gleich Mitternacht. Die Party im Haus von Lukas Eltern ist übertrieben geil.

Obwohl es noch gar nicht so spät ist, tanzen 30 besoffene Zehntklässler zu meiner Musik. Ich hoffe, sie gehen nicht nur so ab, weil sie zu viel gebechert haben. Das Wohnzimmer haben Lukas Eltern am Nachmittag leer geräumt. Trotzdem geht was zu Bruch. Lenni ist gegen 'nen Spiegel geprallt. Romy hat ein Wandregal vollgereiert. Scherbenkotze! Passiert!

Ich stehe auf der Holzterrasse und rappe. Mein schwarzes Cap hab ich leicht ins Gesicht gezogen. Der Sweater hängt lässig über meiner grauen Trainingshose. Mein letzter Track auf der Party ist neu.
„Silber auf dem Weg voll Dreck. Nur die Dummen sehen weg! Glückssucher, wo seid ihr?"
Die Menge johlt. Lukas kommt zu mir auf die Terrasse. „Was hab ich gesagt? Vergesst nie, wo ihr ihn zuerst gehört habt. Der Mann füllt bald die größten Hallen."

Plötzlich kreischen die Chics doppelt so laut.
Lukas meint: „Jetzt musst du aber runter von der
Bühne, sonst gibt's Ärger mit den Nachbarn!"
„Buh", kommt es aus dem Publikum. Lukas hat Angst,
dass die Stimmung kippt und dreht die Anlage im Haus
auf. Raf Camora bringt die Leute wieder hoch. Lukas
kommt zu mir und macht die Terrassentür hinter sich zu.
Er hat bestimmt eh schon Schiss vor seinen Eltern
wegen der vollgekotzten Wand. Wir stehen draußen
und checken das Partyvolk.
„Danke Bro!", sagt Lukas.
„Kein Ding! Ich bin der, der Danke sagen muss!",
antworte ich.
„Deine neuen Tracks sind echt der Hammer! Guck
mal!" Lukas zeigt auf die Terrassentür. Ein Chic aus der
10a drückt ihre Oberweite gegen die Scheibe. Sie ist
süß. Hat lange braune Haare und trägt ein enges Top
und eine kurze Hose. Sie schaut in meine Richtung und
zwinkert mir zu.
„Da ist aber eine scharf auf dich, Alter.", sagt Lukas.
„Ach, die hat einfach zu viel intus.", sage ich unin-
teressiert. Weil ich nicht auf sie reagiere, presst sie ihre
roten Lippen auf das Fensterglas und hinterlässt einen
Kussmund.
„Groupiealarm!" singt Lukas. „Na los, Alter, leg sie
flach. Du bist doch 'n Rapper."
Oh man, wie mich das nervt. Als nächstes bietet er mir
wohl noch 'ne Line an, weil sich das für 'nen Rapper
so gehört. So ist das mit dem Schubladendenken …
„Klar mach ich das!", sag ich und spiele mit. Lukas
grinst mich peinlich an. „Aber erst schaff ich meine

Technik nach Hause. Sonst kotzt die auch noch jemand voll."

Ohne Lukas Reaktion abzuwarten, wickle ich die Schnur meines Mikros zusammen.

„Dann trink wenigstens schon mal das Bier, das ich dir mitgebracht hab."

„Stell's einfach ab!", sag ich und weiß, dass ich es da vergessen werde. Hab gerade keinen Bock drauf. Lukas sagt nichts mehr, stellt die Bierflasche auf den Holzboden und geht zurück ins Wohnzimmer.

„Nenn mich Primo, der Zweite, der Dritte schreibt keine Geschichte ...", Raf Camora dringt kurz nach draußen, als die Terrassentür geöffnet wird. Dann nur noch wummernde Beats.

Ich guck zur Tür. Mein Groupie ist weg. War vielleicht doch eher heiß auf Lukas ... **Dafür steht ein rothaariges Mädchen an der Stelle, von wo mich Lukas eben noch angegrinst hat.**

„Wo kommst du denn her?", frage ich ein bisschen
zu verblüfft.

„Keine Angst, bin keine Hexe.", antwortet sie schlagfertig. „Und du bist eigentlich zu cool für 'nen Streber,
der seine Groupies abblitzen lässt und sein Bier nicht
trinkt."

Sie ist taff, aber das kann ich auch. „Arbeitest du beim
Geheimdienst oder hast du einfach keine Freunde?"

„Weder noch, ich hab nur Augen im Kopf."

Unglaublich schöne blaue Augen – denke ich,
sag ich aber nicht. Lukas hat recht, ich bin ein krass
cooler Rapper. Stattdessen: „Und warum glotzte mich
mit denen so an?" Ich find mich fast ein bisschen zu
heftig.

**Sie bleibt cool und rappt: „Weil du der fucking Künstler
bist ..."**

Jetzt weiß ich nicht mehr, was ich sagen soll. Künstler
hat mich bisher noch niemand genannt. Ich bleib nur
stehen und gucke doof aus der Wäsche.

„Was ist, hast du das noch nie gehört?" Sie arbeitet
also doch beim Geheimdienst ...

Ich muss antworten, bevor es richtig peinlich wird.
„Ist nicht mein erster Gig, also chill mal."
Sie lässt sich von meinem Machogehabe nicht
beeindrucken. „Ich hoffe, du trittst nicht nur auf
Geburtstagspartys auf. Das wäre nämlich 'ne ganz
schöne Verschwendung!"
Und ich stehe wieder nur da und gucke sie stumm an.
„Was ist jetzt schon wieder los? Dafür, dass du so
intelligente Texte schreibst, hast du 'ne ganz schön
lange Leitung."
Langsam macht sie mich fertig.
„Ich merk schon, heute krieg ich nichts mehr aus
dir raus. Mittwoch 16:00 Uhr im Park am Nonnen-
brunnen?" fragt sie.
Zum Glück fällt mir eine halbwegs coole Ansage ein:
„Ist wohl besser, ich sag ja, bevor ich Ärger mit dem
Staatsschutz kriege."
Sie lächelt. „Ich geh dann. Heiße übrigens Liz! Mach's
gut!" Sie streckt mir ihre rechte Hand entgegen.
„Ben!", sage ich und nehme ihre Hand. Sie fühlt sich
weich und warm an.
Während sie die Terrassentür aufschiebt, packe ich
das Mikrofon ein. Was war das nur gerade?

6 Frühstück zu dritt

Es ist Sonntagmorgen, der Tag nach der Party.
Ich fühle mich ziemlich ausgeruht. Hab gestern Nacht
mit dem Fahrrad mein Zeug nach Hause gebracht
und bin happy ins Bett gefallen.
Jetzt ruft Ma aus dem Wohnzimmer: „Ben? Frühstück
ist fertig!"
Ich schäle mich aus der Decke und latsche ins Bad.
Die Schlafzimmertür meiner Alten ist offen, aber heute
zischt nichts. Wir versuchen, normal zu sein.
Kurz darauf sitze ich am Esstisch im Wohnzimmer, Ma
und Alki mir gegenüber. Ma hat alles richtig vornehm
eingedeckt, mit weißer Tischdecke und so.
„Wie war denn dein Auftritt gestern?", will sie von mir
wissen.
„Gut!", sag ich.
„Hat sich Lukas gefreut?", hakt sie nach.
„Jap!", ich bleibe einsilbig.
„Das ist schön!" Mas Lächeln hält stand.
Ich nehme mir ein Brötchen aus dem Korb und
schneide es auf. Ich hab Bock auf Salami. Beim Griff
nach der Butter sehe ich Alki ins Gesicht. Er sieht

scheiße aus, hat dunkle Ringe unter den Augen. Ansonsten ist er blass. Er schwitzt und isst nichts, trinkt nur seinen Kaffee. Ich rieche Alk, weiß aber nicht genau, woher die Fahne kommt. Ich tippe auf Whiskey in der Kaffeetasse, dazu der Restalkohol, den er ausdünstet.

Alki fragt mich nichts. Es bleibt ruhig, bis Ma wieder heile Welt spielt: „Heute scheint so schön die Sonne. Wollen wir zusammen einen Ausflug machen?"

An die Tanke?, denke ich. Doch für Ma spiele ich mit. „Von mir aus …" Da ist es wieder – das hoffnungsvolle Lächeln. Sieht sie nicht, dass es Alki scheiße geht?

Er versucht zu trinken, setzt die Kaffeetasse aber gleich wieder ab. Seine Hand zittert zu sehr.

„Heute nicht! Ich hab im Schuppen zu tun", sagt er langsam. Er braucht neuen Stoff.

Ma gibt nicht auf und versucht es weiter: „Es ist doch schon so lange her, dass wir was unternommen haben. Die frische Luft wird dir bestimmt guttun …"

Alkis Nerven halten das nicht aus. Er rutscht mit dem Stuhl vom Tisch weg. „Ich hab gesagt, heute nicht. Kapierst du das nicht?" Ma kapiert es wirklich nicht, sie kapiert gar nichts. Alki stützt seine Ellbogen auf die Oberschenkel und lässt den Kopf in seine Hände sinken. Sieht fast aus, als würde er heulen.

Ma tut mir leid, deshalb sage ich: „Ich hab die letzten Tage zu viel an den Tracks gearbeitet. Muss noch 'ne Menge für die Schule machen. Aber wenn du willst, gehen wir 'ne Runde um die Felder."

Sie nickt. Richtig glücklich sieht sie nicht aus.

7 Raps

Ma und ich laufen am Nachmittag über einen Wiesen-
streifen, der die Felder teilt. Gelbe Löwenzahnblüten
sorgen für Farbe. Auf den Feldern wächst was Grünes.
Könnte Raps sein. Ich muss schon wieder ans Rappen
denken. Meine Oma hat Rap wie Raps, die Pflanze
ausgesprochen. War nicht so ihr Ding.
„Bist du fertig mit deinen Hausaufgaben?", fragt Ma
auf einmal.
Ich nicke.
„Bin sehr stolz auf dich!", sagt sie.
„Weil ich meine Hausaufgaben mache?" Ich fühl
mich wie ein Muttersöhnchen.
Sie lächelt und setzt nach: „Weil du das alles so
meisterst."
Jetzt weiß ich, was sie sagen will. Sie meint Alki.
„Ist gerade schwierig mit Papa ...", sagt sie.
Ich bleibe still.
„Aber ich bin mir sicher, das wird wieder."
Die gleiche Hoffnung wie seit fast fünf Jahren.
Alles leere Versprechungen! Ich wechsle das
Thema.

„Ich hab gestern jemanden kennengelernt", platzt es aus mir heraus. Im selben Augenblick merke ich, dass dieses Thema noch peinlicher ist.

„Oh, das klingt ja toll. Ein Mädchen?"

Ich Idiot werd doch jetzt nicht mit meiner Ma über Mädchen reden.

„Kennst sie nicht!", sage ich abweisend.

„Das hab ich mir schon gedacht. Erzähl! Wie heißt sie, wie sieht sie aus?"

Ich überlege krampfhaft, wie ich aus der Nummer rauskomme, aber mir fällt nichts ein.

„Liz. Sie heißt Liz. Und sie hat lange rote, lockige Haare und Sommersprossen." Oberpeinlich!

„Scheint dir ernst zu sein, wenn du mir von ihr erzählst." Tatsächlich war sie einfach mein erster Gedanke.

„Mag sie deine Musik?"

Ich muss dieses Thema beenden. „Jap! Ich denke schon. Aber so wichtig ist mir das nicht. Wollen wir langsam zurück?"

Ma hat's verstanden. Sie fragt nicht weiter nach und wir drehen um. Auch wenn's megabescheuert von mir war, Ma hat die Ablenkung gutgetan.

Und mir irgendwie auch.

8 Eiskalte Finger

Die Zeit bis Mittwoch vergeht irre langsam. Ich denke
oft an das Date mit Liz. Ich nehme mir vor, auf keinen
Fall wieder so stumm zu sein. Lukas grinst mich in der
Schule doof an. Liz hat 'nen guten Draht zu ihm.
Bestimmt hat sie ihm von unserem Treffen erzählt.
Zum Glück fragt er mich nicht, wie ich sie finde.

Endlich ist es soweit: Mittwoch!
Nach der Schule fahre ich nicht extra nach Hause.
Eine Stunde hänge ich im Park ab, bis Liz endlich die
Treppe zum Nonnenbrunnen runterkommt. Sie trägt
'ne blaue Jeans und ein einfaches gelbes Shirt. Ich
find's gut, dass sie so entspannt aussieht. Was anderes
hat sie auch nicht nötig.
„Hi Ben!", sagt sie.
Klingt irgendwie so, als würden wir uns ewig kennen.
„Hi Liz!" *Läuft doch ganz gut,* mach ich mir Mut.
„Hast du Lust auf ein Eis?", fragt sie direkt.
„Klar!", antworte ich. Im Parkcafé ein paar Meter
weiter haben sie nur Eis am Stiel. Wir holen uns
zwei peinliche Kindereis in Form eines Fingers und

schlendern weiter durch den Park.

„Wie kommst du auf deine Texte?", will sie von mir wissen.

Während ich krampfhaft nach einer Antwort suche, sage ich langsam: „Kann ich nicht so genau sagen. Die kommen mir einfach in den Kopf!"

„Einfach so? Ich dachte vielleicht, dass du was bewegen willst. Mit 'ner Botschaft."

Irgendwie hat sie recht! „Ich schreibe einfach über Sachen, die ich wichtig finde. Wenn andere das gut finden, ist das cool." Mir fallen Liz' Sommersprossen auf. Wenn sie lächelt, scheinen sie größer zu werden.

Sie sagt: „Ich glaub, die meisten hören nur „Ghetto" und „Slum" und gehen auf den Beat ab."

Ich bleib stehen und zeige mit meinem Eisfinger in Liz' Richtung. „Willst du damit sagen, meine Fans sind oberflächliche Spastis?"

„Und willst du mich gerade beleidigen?", reagiert sie sofort.

Ich lasse meinen „eisigen Zeigefinger" sinken. „Nee, ganz bestimmt nicht", rudere ich zurück. „Aber was gefällt dir – sozusagen als Fan – denn so gut an meiner Musik?" Jetzt will ich es wissen.

„Die Hoffnung in deinen Texten. Es zu etwas zu bringen und es raus aus dem Mist zu schaffen."

Nun bin ich es doch wieder: sprachlos. Ich erinnere mich aber an meinen guten Vorsatz. Gekünstelt antworte ich: „Ja, ich denke, das ist es, was meine Fans an meiner Musik zu schätzen wissen."

„Also doch ein Streber!", sagt sie lässig und beißt cool ihren Eisfinger ab.

Warum Onkel Martin?

Richtig gutes Date, denke ich, bis Liz auf einmal
das Thema wechselt.
„Weißt du, woran ich noch gemerkt hab, dass du
Ziele hast?"
Ich hab keine Ahnung, was sie meint und zucke mit
den Schultern.
**„Du hast Ehrgeiz! Lässt dich nicht zulaufen und hast
nicht nur Feiern im Kopf!"**
„Stimmt nicht ganz. Ich war bestimmt auf jeder
großen Party in den letzten Monaten."
Sie grinst: „Klar, weil sie deine Musik buchen."
„Genau! Niemand lädt mich ein, weil er mich mag",
sag ich ironisch. Aber eigentlich frage ich mich
wirklich, ob sie mich auch so einladen würden.
Mein Gefühl sagt nein.
„Fans sind keine Freunde", sagt sie entschlossen.
„Oder hast du jemals mit ihnen nach deinen Gigs
noch weitergefeiert?"
Ertappt! „Muss mich um meine Technik kümmern.
Da brauch ich einen klaren Kopf." Mein Image als
Gangsterrapper kann ich jetzt endgültig vergessen ...

„Das mein ich mit Ehrgeiz. Auf Lukas Party hast du nicht mal das Bier angerührt. So, als würdest du keinen Alkohol trinken."

Ich frage mich, warum sie immer wieder darauf rumreitet. „Klar gönn ich mir manchmal was Hochprozentiges. Mit Bier halte ich mich gar nicht erst auf." Ich muss auf meinen Ruf achten. Bei Liz kommt meine Masche nicht gut an.

„Find's ziemlich arm, wenn man sich wegballern muss, weil man sonst nichts empfindet."

„Bist du etwa eine von denen, die auch ohne Alkohol Spaß haben können? So spießig siehst du gar nicht aus." Ich hoffe, ich gehe nicht zu weit.

„Spießig würde ich mich nicht gerade nennen, dich übrigens auch nicht."

Da ist es wieder, dieses Schmunzeln – sweet.

Ich sag erstmal nichts mehr. Hoffe, es hat sich mit dem Alkthema. Aber dann ist ihr Lächeln weg. Irgendwas hat sie. Woran denkt sie nur?

„Mein Onkel Martin hat ein Alkoholproblem!", sagt sie und erwischt mich eiskalt auch ohne Finger.

„Er kann gar nicht mehr ohne."

Ich kriege Panik. Kann es sein, dass sie über meinen Vater Bescheid weiß? Ich spüre, wie ich rot werde.

„Er muss seinen Pegel halten, um überhaupt aus dem Haus gehen zu können. Spiegeltrinker nennt man das dann. Wenn du so jemanden in der Familie hast, trinkst

du entweder mit oder bist davon abgeschreckt."
„Gibt's nicht!", sag ich, als hätte ich noch nie von
einem Alkoholiker in meinem Umfeld gehört. „Und
deshalb trinkst du keinen Alkohol?" Ich versuche,
das Thema abzuschließen.
„Ich trinke Alkohol, aber nie zu viel. Hatte irgendwie
das Gefühl, dir geht es genauso." Schweißperlen
sammeln sich auf meiner Stirn. Ich krieg's nicht hin,
es ihr zu sagen. Alki ist mir zu peinlich.

Warum kann ich es ihr nicht
sagen? Es geht nicht, fühlt
sich falsch an, so nach
Verrat.

Ich ziehe mein Handy
aus meiner Jeans und tue
erschrocken. „Was, schon
17:00 Uhr?
Ich hab meiner Mutter versprochen, beim Einkaufen zu
helfen. Tut mir total leid, aber ich
muss los. Wir texten nachher, okay?"
Es geht nicht anders. Ich muss sie anlügen.
Ich ertrage ihren enttäuschten Blick nicht, drehe
mich um und laufe wie eine Memme nach Hause.

Versteckte Lügen

Als ich gegen 17:45 Uhr nach Hause komme, ist niemand da. Alki scheint seinen Arbeitstag zu schaffen. Kein Schnarchen, kein Gestank ... Wo Ma steckt, weiß ich nicht. Ach ja, sie wollte ja wirklich einkaufen. War dann also nur 'ne halbe Notlüge an Liz.
Ich hasse es zu lügen. Wahrscheinlich weil unter diesem Dach ständig gelogen wird. **Aber irgendwie war mir das Thema peinlich.** Es fühlt sich so falsch an, es ihr zu erzählen – als würde ich meine Familie verraten. Vielleicht ist mir Alki doch nicht so egal, wie ich immer tue ...?
Ich muss auf andere Gedanken kommen. Tracks bauen! Ich geh in mein Zimmer und fahr den Rechner hoch. Danach schließ ich mein Mikro an. Draußen rattert ein Traktor übers Feld. Zu laut um aufzunehmen! Ich brauch 'ne bessere Akustik. Zum Glück kenn ich nen einfachen Trick: Ein Rapper-Iglu aus Decken. Deshalb geh ich ins Schlafzimmer meiner Alten und öffne den Wandschrank. Im untersten Fach finde ich ein paar Wolldecken. Ich zieh sie raus und reiße aus Versehen einige Bierdosen mit ... Bescheuertes Versteck!

Im ganzen Haus hat er seine Vorräte untergebracht. Unter der Spüle in der Küche habe ich mal ein paar Wodkaflaschen gefunden. Als ich noch so blöd war und dachte, ich könnte was ändern, hab ich sie ausgekippt und mit Wasser gefüllt. Ein paar Tage später war ich in meinem Zimmer und hab es unten mächtig scheppern gehört. Alki muss die Flaschen auf die Fliesen geknallt haben. Ma hat geheult. Er hat sie angeschrien, dass sie ja nicht noch mal an sein Zeug gehen soll. Seitdem fass ich seinen Scheiß nicht mehr an. Ma hat mit mir nie über die Sache geredet. Obwohl sie wissen musste, dass ich es gewesen war. Ich hab sie auch nicht angesprochen.

Wenn Alki sagt: ,*Ich habe im Schuppen zu tun.*', weiß ich, was er da macht. In seinem Reich lagert er mit Sicherheit den meisten Stoff.

Zurück in meinem Zimmer beeile ich mich mit den Aufnahmen, rappe ein paar Lines, die ich später sampeln will. Dann packe ich die Decken und Dosen zurück in den Wandschrank. Alles, bevor meine Alten zur Haustür reinkommen. Ma scheint sich nach der Arbeit mit Alki getroffen zu haben. Sie waren zusammen einkaufen und gleich gibt es Abendbrot. *Eine richtig glückliche Familie!* Mich nervt meine Ironie, aber anders halte ich es nicht aus. Vielleicht werde ich langsam schräg …

Mein Phone meldet sich. 'Ne WhatsApp von Liz. Sie fragt, ob alles okay ist und wann wir uns wiedersehen. Ich weiß nicht, was ich antworten soll und lege das Handy zur Seite.

Ende der Funkstille

Manchmal bin ich echt feige. Ich sag Ma zum
Beispiel nicht, dass ich es blöd finde, dass sie Alki Stoff
besorgt. Aber noch bescheuerter ist es, dass ich Liz
seit zwei Tagen nicht geantwortet habe. Trau ich mich
irgendwie nicht. Dabei mag ich sie.
Als ich im Biounterricht sitze und darüber nachdenke,
stört mich auf einmal meine Lehrerin Frau Meier dabei.
„Ben, beschreib uns bitte nochmal mit eigenen Worten
die Phasen der Mitose!"
Bio ist nicht gerade mein Lieblingsfach. Blöd, dass ich
die Stunde über nicht bei der Sache war.
„Ähm, wollen Sie das ganze Drum und Dran hören
oder nur was Bestimmtes?"
Fabian lacht auf, weil er meine Gegenfrage so
behämmert findet.
Zugegeben, ich will Zeit schinden. In ein paar Minuten
ist Schulschluss und ich hab keine Ahnung, wie diese
Mitose funktioniert.
Leider ahnt das Frau Meier. Grinsend antwortet sie:
„Alle Stufen in kurzen Sätzen bitte!"
Ich gucke auf die Übersicht. Doch die vielen kleinen

Bildchen mit den Kreisen sagen mir nichts. Ganz langsam erkläre ich: „Die Mitose ist im Grunde nichts anderes als ein Wunder der Natur!"

Frau Meyer scheint meine Antwort zu gefallen.

„Na wenigstens etwas hast du mitbekommen. In der nächsten Stunde fasst du den Prozess nochmal richtig zusammen. Dann also, Schluss für heute."

Damit kann ich leben. Ich bin froh, ohne großen Anschiss aus dem Unterricht zu kommen. Es klingelt, ich pack mein Zeug zusammen und stürme aus dem Raum. Lukas klopft mir auf die Schulter, während ich den Flur Richtung Schulhof verlasse. „Warte mal, Alter!"

„Was ist los?", frag ich ihn.

„Ach, ich muss dir noch was sagen, bevor du raus gehst", antwortet er kleinlaut.

Ich höre zu.

„Ich will nur nicht, dass du mich für einen Verräter hältst."

Ich verstehe nur Bahnhof und gucke auch so.

„Ich weiß, dass du Liz datest."

Klar dachte ich mir das, trotzdem runzle ich misstrauisch die Stirn. Er scheint 'ne Antwort zu wollen, deshalb sage ich: „Ja, und?"

„Sie hat mir heute getextet und mich gefragt, wann wir Schulschluss haben."

Langsam verstehe ich, was abgeht.

„Sie wollte kurz mit dir reden, weil du auf ihre Nachrichten nicht antwortest."

Ich komme mir vor wie der letzte Depp.

„Sei nicht sauer auf mich! Sie geht in Ordnung!"

Klar, ich geh schließlich nicht in Ordnung ... „Wie

seid ihr denn drauf?", sag ich leicht aggro. „Ich wollte ihr heute noch antworten. Hatte einfach viel zu tun. Kann mich nicht sofort um jede Message von 'nem Groupie kümmern."

Lukas lächelt mich wissend an. „Dann ist es ja gut, dass sie am Hoftor auf dich wartet."

Jetzt hat er mich doch noch erwischt. Mein Gangster-rapperblick bröckelt. „Klar, ich geh gleich zu ihr", sag ich und dreh Lukas den Rücken zu. Er sieht nicht, wie blöd ich es finde, sie ausgerechnet jetzt zu treffen. **Aber hey, kann ich halt nicht mehr feige sein.**

2 Durch die Fassade

Liz steht tatsächlich am Eingangstor. Ihre roten Haare springen mir sofort ins Auge. Lässig stapfe ich über den Schulhof. Zeit, mir eine gute Ausrede einfallen zu lassen. Die Antwort mit den vielen Groupies würde ihr sicher nicht gefallen. Was hab ich für Optionen?
„Keine Ahnung, wo mein Handy abgeblieben ist …", murmel ich möglichst unschuldig vor mich hin. – *Das glaubt sie mir nie.*
„Weißt du, ich finde, wir sollten es locker angehen. Klammern geht bei mir nicht." – *Genauso doof.*
Vielleicht „Liz, du hier? Ich wollte dir eben schreiben." – *Alles Rotz!*
Als ich auch die letzte Idee verworfen habe, erreiche ich Liz. Sie steht auf dem Bordstein neben dem Tor und sieht mich total gechillt an.
„Hey Ben!", sagt sie ruhig.
„Oh, hey Liz! Was … was machst du denn hier?", stottere ich und tue überrascht.
„Ich dachte, ich frag mal, wie es dir so geht."
In ihrer Stimme liegt keinerlei Vorwurf. *Ich mag diese Frau.* „Gut geht's! Und dir?" –

31

Erstmal probiere ich es mit Smalltalk.

„Hab viel über unser letztes Treffen nachgedacht."

Und schwups landen wir beim Krisengespräch.

„Kann es sein, dass dir das letzte Thema unangenehm war?"

Plötzlich fallen mir 'ne Menge lässiger Sprüche ein.

Wieder prüfe ich meine Antwortmöglichkeiten:

,Letztes Thema, letztes Thema? Welches Thema meinst du denn?' oder *,Na, langsam fliegt deine Deckung auf – der Geheimdienst lässt grüßen!'* oder auch *,Ja, dein Lob war echt zu viel für mich, damit konnte ich nicht umgehen.'*

Aber ich bringe keinen der Sprüche. Liz hat diesen Blick, der tiefer geht, direkt durch die Fassade.

Obwohl wir uns erst kurz kennen, vertraue ich ihr irgendwie. Also sage ich: „Kann sein!"

Die zwei Wörter fühlen sich komisch an. Fast so, als würde ich auf einen frisch zugefrorenen See treten. Ich hoffe, ich breche nicht ein.

„Willst du drüber reden?"

Ich komm mir vor wie 'ne Pussy, aber was soll ich machen?

„Wie wäre es mit 'nem Kaffee? Der Biounterricht hat mich echt eingeschläfert." Ich versuche trotzdem, cool zu sein.

Sie lächelt und nickt. Wir gehen in Richtung Einkaufsstraße und sagen erst mal nichts mehr.

Mit Liz im Café zu sprechen, war 'ne gute Sache. Anfangs hab ich wie ein Spast ewig gebraucht, um ein Wort rauszukriegen. Aber Liz war so entspannt, dass es mir gar nicht mehr so peinlich war. Sie hat mich auch nicht bemitleidet oder so. Das hätte ich überhaupt nicht gewollt. Sie war einfach so, wie sie eben ist. Und sie hat von ihrem Onkel Martin erzählt. Dem würde man es ja gar nicht immer anmerken, wenn er betrunken ist. Der braucht den Alkohol, um normal zu sein, um arbeiten zu gehen.
Mein Alter kommt ohne Alkohol auch nicht aus dem Bett. Aber irgendwie trinkt er oft zu viel und steht den Tag nicht durch. So unterschiedlich kann das sein.

Ich bin froh, dass zwischen Liz und mir wieder alles okay ist. Hab das Gefühl, das könnte was werden.
Ich freu mich über jede Message von ihr. Seit unserem letzten Treffen sind ein paar Tage vergangen. Ich will sie unbedingt wiedersehen. Dicke Regentropfen prasseln gegen das Fenster in meinem Zimmer. Als ich mich aufs Bett schmeiße, um mit der Hantel meinen

rechten Bizeps zu trainieren, ruft sie an. Ich nehme mir vor, sie ins Kino einzuladen und geh ran.

„Na Liz! Was machst du bei dem Regenwetter?", frage ich.

„Hey, ich hab mir gerade überlegt, dass wir uns endlich mal wiedersehen sollten."

Bingo! „Gibt's nicht! Genau das Gleiche hab ich auch gerade gedacht." Als ich mich frage, welche Filme sie mag, kommt sie mit einer ganz anderen Idee.

„Super! Wie wär's, wenn ich dich besuchen komme." Ich weiß nicht, wie sie das immer macht, aber wieder bin ich sprachlos.

„Wette, du hast lange keinen Besuch mehr gehabt." Damit liegt sie mehr als richtig. Wie willst du deinen Freunden auch erklären, warum dein Alter mitten am Tag auf dem Sofa liegt und schnarcht? Da hältst du die Leute lieber auf Abstand. Dieses miese Peinlichkeitsgefühl blockiert mich. Ich räuspere mich. Dann sag ich: „Wann wolltest du denn kommen?"

„Mmh, es ist Samstagnachmittag, es regnet. Wir scheinen beide nichts vor zu haben. Wie wäre es mit gleich?"

Mir wird heiß. „So spontan?", antworte ich und frage mich, warum ich in letzter Zeit nur immer wie ein Weichei klinge?

„Mach dir bloß keinen Stress. Wenn es dir zu spontan ist, dann ein anderes Mal ..."

Ich denke an Alki, der heute Vormittag wieder

dringend im Schuppen arbeiten musste und jetzt
auf der Couch liegt.
„Es ist nur, das Wohnzimmer … mein Alter …"
Mehr brauch ich nicht zu sagen. Liz hat verstanden.
„Gehen wir eben in dein Zimmer", sagt sie entspannt.
Wie könnte ich da noch nein sagen?

14 Ganz neue Seiten

Bevor Liz kommt, muss ich meiner Ma Bescheid geben. So megaspontane Aktionen sind eigentlich nichts für sie. Also renne ich runter in die Küche. Sie räumt gerade die Spülmaschine aus. Da nur wenig Zeit bleibt, komme ich direkt zum Punkt.

„Hey Ma, stört's dich, wenn ich heute Besuch kriege?" Ich find mich eigentlich voll korrekt, weil ich frage, statt ihr zu sagen, dass ich das Treffen schon klargemacht habe. Ma dreht sich um und guckt leicht erschrocken. So muss ich vorhin am Telefon auch ausgesehen haben.

„Wer kommt denn?", fragt sie leise, aber freundlich. „Liz", sag ich fast gelangweilt. Ich hoffe, Ma fängt nicht wieder so ein peinliches Gespräch an wie neulich beim Spazierengehen.

„Ach, das ist das Mädchen, von dem du mir erzählt hast ...", sagt sie und lächelt kitschig.

„Ja genau! ... Also, was ist? Stört's dich?" Ich hab echt keinen Bock auf Gefühlsduselei.

Ma guckt Richtung Wohnzimmer. Ihr Lächeln verschwindet, und eine kleine Zornesfalte zeigt sich mitten auf ihrer Stirn. Dann wechselt sie in den „Heile-Welt-Modus" und antwortet: „Sag ihr, sie kann gerne kommen. Ich hab noch Kuchen vom Bäcker übrig. Den können wir essen."

Ich glaub's nicht. Ma will mit Liz Kaffeetrinken? Das hab ich mir anders vorgestellt.

„Ähm, ich dachte, wir gehen hoch in mein Zimmer. Das Wohnzimmer ist ja gerade belegt!" Natürlich hat Ma darüber schon nachgedacht.

„Ja, es geht ihm wieder nicht gut. Das macht aber nichts. Los, wir schaffen ihn zusammen in sein Bett." Mas Energie haut mich um. Voll 'ne neue Seite! Sie wartet gar nicht ab, bis ich was sage und zieht mich ins Wohnzimmer. Der Tag steckt voller Überraschungen. Ich frag mich nur, ob Liz Bock auf Kaffeetrinken mit meiner Ma hat.

15 Ein Satz rote Ohren

Ich hätte es wissen müssen, dass Liz gut mit meiner Ma kann. Schon als sie zur Haustür reinkam, waren sie easy miteinander. Mas Einladung konnte sie einfach nicht ablehnen. Obwohl sie sicher auch gern mit mir in meinem Zimmer verschwunden wäre.

Im Wohnzimmer guckte sie sich erstmal vorsichtig um, weil ich ihr von Alki auf der Couch erzählt hatte. Aber dann hat sie gecheckt, dass wir ihn nach oben verfrachtet hatten. War gar nicht so leicht, ihn vom Sofa zu kriegen. Denn Alki hat in den letzten Jahren 'nen ganz schönen Bierbauch bekommen. Wenigstens hat er sich nicht gewehrt und ist friedlich die Treppe hochgeschlappt.

Jetzt sitzen Liz, Ma und ich vor dem gedeckten Couchtisch.
„Schmeckt gut, der Rhabarberkuchen!"
Ma fängt bei Liz' Kompliment an zu grinsen.
„Werde ich Bäcker Hase ausrichten", sagt sie.
Ich glaube, sie findet es lustig, dass Liz langsam rote Ohren kriegt.

„Find auch, dass er wie selbstgebacken schmeckt!",
versuche ich, ihr Deckung zu geben. Macht man als
Gentlemen doch so.

„Schön, dass wir uns kennenlernen. Ben hat nur in
den höchsten Tönen von dir gesprochen", wechselt
Ma das Thema.

Jetzt krieg ich rote Ohren.

„Ach, wirklich?" Liz scheint überrascht zu sein.
„Hätte gar nicht gedacht, dass er überhaupt was
über mich erzählt."

„Klar, er ist nicht der Gesprächigste. Aber das ist
doch bei besonders sensiblen Menschen immer so."
Inzwischen dürften nicht nur meine Ohren, sondern
auch mein gesamtes Gesicht rot angelaufen sein.
Dazu zieht sich ein Schweißfilm über meine Wangen.
Ich presche nach vorn: „Ihr wisst schon, dass es
unhöflich ist, über jemanden zu sprechen, wenn er
mit am Tisch sitzt?"

Die beiden lachen wie beste Freundinnen.

„Muss dir doch nicht peinlich sein, Benni!"

Benni? Wann hat mich Ma denn das letzte Mal Benni
genannt? Spätestens jetzt muss mich Liz für ein totales
Muttersöhnchen halten. Doch wie immer ist sie für
eine Überraschung gut: „Ich weiß schon, dass der
krass coole Rapper auch eine ganz andere Seite
hat. Eigentlich ja 'ne klare Sache: Wer solche Texte
schreibt, muss was Feinfühliges haben."

Ich find's witzig, dass Liz' Trick „Ich sag was und mach
dich damit stumm" auch bei Ma funktioniert. Sie guckt
nämlich genauso baff wie ich und weiß nicht, was sie
sagen soll. Dann lächelt sie entspannt und nickt.

„Eigentlich wollte ich Ben heute was vorschlagen."
Liz Augen scheinen vor Begeisterung zu sprühen,
während sie weiterredet. „Aber ich schätze, Sie
könnte das auch interessieren." Sie greift in ihre
kleine Stoffhandtasche und holt einen Zettel heraus.

6 Ein unerwartetes Angebot

Liz streicht das zerknitterte Papier glatt. Es ist ein Flyer.
„Ein Aufruf zu einem **Poetry-Slam-Wettbewerb** in
vier Wochen im Kulturzentrum. Die Zettel lagen heute
in der Schule aus. Ich musste gleich an dich denken,
Ben."
Ich weiß wirklich nicht, wie Liz dabei auf mich kommt.
„Poetry-Slam? – Ich rappe. Das ist ein bisschen was
anderes", sage ich 'ne Spur zu abweisend.
„Es geht doch um die Texte. Ob du die nun rappst
oder nicht. Das Motto lautet **Lebenstraum.** Passt doch
perfekt."
Ganz daneben liegt Liz nicht, aber ich bleibe
skeptisch. Sie hält mir den Flyer hin und ich kann
ihn lesen.
„Musik ist ausdrücklich erlaubt!", sagt sie.
„Ja und wenn schon. Ist doch eher was für euch vom
Gymmi. Bei uns gab's keine Flyer", blocke ich ab.
„Das ist doch absoluter Quatsch! Auf meiner Schule
gibt's nur Warmduscher. Ich kenne nur einen, der richtig gute Texte schreibt." Liz legt ein ziemlich überzeu-
gendes Lächeln auf.

„Ist vielleicht doch nicht so schlecht", gebe ich zu.

„Eine tolle Idee ist das!", mischt sich meine Mutter ein.

„Das musst du machen."

„Der Gewinner darf zu einem Bundesausscheid, und da gibt es sicher ein richtig großes Publikum."

Liz ist übertrieben begeistert von der Sache. Ma legt auch noch mal nach: „Das ist wirklich 'ne großartige Chance, Aufmerksamkeit zu bekommen, Ben."

Die beiden bringen mich zum Lachen. „Habt ihr das vorher abgesprochen? Ihr seid wirklich sehr überzeugend."

Ma und Liz grinsen sich an.

„Na gut, aber ich werde mein Equipment auf der Bühne brauchen. Laptop, Mikro, vielleicht auch Boxen, wenn sie keine da haben …" Mit dem Fahrrad krieg ich das nicht alles weg.

„Ich fahr dich", sagt Ma sofort. „Freitag Nachmittag muss ich nicht in den Laden. Das geht schon klar!"

„Super, dann hast du jetzt keine weiteren Ausreden mehr."

Ich gebe mich Liz geschlagen. „Okay, ich mach's." sag ich locker.

Liz und Ma jubeln, als oben im Schlafzimmer eine Flasche zu Bruch geht und Alki laut flucht.

Sofort verschwindet die Freude auf Mas Gesicht.

„Entschuldigt. Ich seh mal nach, was deinem Vater fehlt", sagt sie und lässt Liz und mich allein.

„Was ihm fehlt? Als ob wir das nicht alle wüssten", flüstere ich und nehme Liz den Flyer aus der Hand.

Es ist gut, ein Ziel zu haben, um hier rauszukommen.

Liz legt ihren Arm um meine Schultern.

7 Bettgeflüster

Der Besuch von Liz heute Nachmittag hat meine Ma irgendwie verändert. Vielleicht liegt es an der Art, wie Liz die Dinge sieht. Sie pusht das Gute in den Menschen.

Anstatt Alki neues Bier zu holen, hält Ma ihm mitten in der Nacht einen Vortrag. Ganz schön laut! Ich kann und muss alles von meinem Zimmer aus mitanhören. Wahrscheinlich hat Alki sie aufgescheucht, weil das Bier alle war.

„Deine Familie interessiert dich einen Scheiß! Du denkst nur an deinen verfluchten Alkohol!", schreit sie ihn an. Zum ersten Mal macht sie ihm deswegen so richtig Vorwürfe.

„Dein Sohn hat seine erste Freundin und du verpennst alles", setzt sie nach.

Moment mal, erste Freundin? Und was ist mit Esra und Anna? Na gut, das waren eher Groupies. Ist ja auch egal. Und überhaupt, wer sagt, dass wir zusammen sind?

„Wenn du nicht aufhörst zu trinken, lass ich mich scheiden."

Wow, das hat gesessen! Für viele Kinder ist es wohl das Schlimmste, wenn ihre Eltern sich trennen. Vor ein paar Jahren wäre das auch für mich hart gewesen. Aber inzwischen sehe ich das anders. Vor allem, weil Ma so leidet und Alki sich nicht ändert. Und dabei hat er es so oft versprochen ... Der kriegt das doch nie mehr hin! Jetzt fängt Alki an rumzuschreien. Ich kann nicht alles verstehen, weil er so lallt.

„Du blöde Kuh!"

Es rumpelt. Wahrscheinlich ist er beim Versuch aufzustehen aus dem Bett gefallen.

„Ich trinke nur noch ein Bier. Dann höre ich auf."

An Mas Stelle würde ich jetzt laut loslachen. Aber Ma meldet sich nicht mehr. Es poltert noch 'ne Weile, dann hat er den Schrank mit den versteckten Dosen erreicht. Ich kann hören, wie er die Laschen eindrückt. Ich frag mich, wo meine neue Ma hin ist. Hat er sie etwa geschlagen? Jedenfalls hält ihn niemand mehr vom Saufen ab.

„Ich brauch das halt. Ist eben so!", ruft er ihr zu – jetzt viel entspannter.

„Ich meine es ernst. Wenn sich nichts ändert, sind Ben und ich weg!" Ma ist noch da. Den Weckruf muss er verstanden haben. Er sagt nichts mehr, rülpst nur noch. Kurz frage ich mich, ob ich komisch bin. Wer freut sich schon, wenn er sowas mit anhört? Aber dann kapiere ich: Die Hoffnung auf ein besseres Leben ist wieder da!

Was darf's sein, bitte?

8

Wegen des nächtlichen Zoffs habe ich kaum geschlafen. Müde sitze ich im Musikunterricht. Eigentlich mag ich das Fach, aber heute ist es einfach nur ätzend. Fabian, der Spacko, nervt schon wieder rum. Frau Bertens, unsere Lehrerin, hat uns gefragt, welches Musikgenre wir als Projektthema in der nächsten Woche behandeln wollen. Da sich keiner gemeldet hat, hab ich einfach mal Rap vorgeschlagen. Viele finden das gut, Fabian natürlich nicht.
„Och nö, wenn ich die ganze Zeit Bens Schlager-Rap hören muss, dreh ich durch. Das hat doch mit richtigem Rap nichts zu tun. Viel zu schnulzig!"
Der hat echt eine auf die Fresse verdient. Aber auf das Niveau lass ich mich gar nicht erst herab. Warum fängt denn jetzt Linda an zu nicken? Die spinnt wohl.
„Also Ben macht schon eher so weicheren Rap, nicht so richtigen Gangsterrap."
Was soll das denn? Wollt ihr mich jetzt auflaufen lassen?
Frau Bertens Zuspruch macht's nicht besser: „Also, es soll ja nicht um Bens Musik gehen, sondern um

die Musikgattung, die wir beleuchten wollen."

Als Nächstes fällt mir Nico in den Rücken: „Ich find, man kann Bens Rap ein bisschen mit *Kontra K* vergleichen. Is mehr so positiv, motivierend ... Ich sag nur ‚Erfolg ist kein Glück'."

„Naja, ist was für Weicheier!" Fabian kann einfach sein Maul nicht halten.

„Ich ziehe meinen Vorschlag zurück, Frau Bertens!", sag ich locker. „Ich hab keine Lust, eine Woche lang Zielscheibe zu spielen."

„Was denn, so schnell gibst du auf? Naja, passt irgendwie zu dir und deiner Musik." Ich kann mich nicht länger zurückhalten und schrei Fabian an: „Jetzt halt die Klappe!"

„Hey! Ich lass gleich jeden von euch einen Aufsatz über Zwölftonmusik schreiben, wenn das so weitergeht." Frau Bertens sorgt für Ruhe.

Während Fabian vor sich hin brabbelt, meldet sich Dascha mit den pinken Fingernägeln: „Also mir gefallen Singer-Song-Writer. Darüber könnten wir mal ein Projekt machen."

Frau Bertens lächelt wieder: „Guter Vorschlag! Wem gefällt die Idee noch?"

Lennert aus dem Fußballverein ist nicht begeistert: „Das ist voll schwul."

Frau Bertens ballt ihre rechte Hand zur Faust.

„Ja, das ist nur was für Mädchen!", setzt Fabian nach, „da können wir gleich bei Bens Rap bleiben."

Die halbe Klasse lacht und ich beiß mir auf die Zunge.

Wartet bloß, bis ihr mich wieder für eure Partys wollt.
Dann ladet euch doch Fabian ein.

Dascha, die zwei Reihen vor ihm sitzt, versucht noch
mal ihr Glück: „Es gibt doch auch Jungs, die so Musik
mögen."

Lennert stöhnt. Er klopft sich mit der flachen Hand
gegen die Stirn.

Fabian zeigt auf andere Art, was er von Daschas Idee
hält. Er nimmt seinen Kaugummi aus dem Mund und
schnippst ihn in ihre langen blonden Haare.

„Iiihhh!", schreit Linda, die neben ihr sitzt und alles
mitbekommen hat.

„Okay, das war's!", ruft Frau Bertens. „Fabian, du
kriegst 'ne Verwarnung und das Thema für nächste
Woche bestimme jetzt ich – Musical!"

Endlich sind alle still.

19 Alles kann sich ändern

Tja, das hatten wir nun davon. Mussten wir halt eine ganze Woche lang **Phantom der Oper, Chicago** und **Starlight Express** ertragen. Hätte auch anders laufen können, aber was soll's. Ich hab an den Abenden weiter meine Texte geschrieben, genau wie auch heute. Für den Wettbewerb will ich nämlich richtig aufdrehen. Was Neues erfinden, extra für das Thema **Lebenstraum.**

„Nur Blut und Schweiß, kein andrer Preis – hör auf zu träumen, fang an aufzuräumen!"
Ich muss an Liz Frage im Park denken, wo die Ideen, die ich so hab, eigentlich herkommen. Manchmal schießen mir einfach ein paar Worte durch den Kopf und ich hab keine Ahnung, wie sie dort hingekommen sind. Was mich inspiriert, weiß ich schon: mein mieses Umfeld! Wer so aufwächst wie ich, tritt entweder in die Fußstapfen seiner Alten oder er kommt groß raus. War Eminems Mutter nicht auch drogenabhängig?

Bis zum Auftritt hab ich noch anderthalb Wochen Zeit, mich vorzubereiten. Krass ist, dass sich Alki seit dem Anschiss von Ma echt geändert hat. Ich glaube, er hat gemerkt, wie ernst es ihr ist. Zwei Tage nach dem Streit hat sie einen Koffer neben Alkis Bett gestellt. Der soll ihn dran erinnern, was passiert, wenn er nicht aufhört zu saufen. Dann kann er seine Sachen packen. Jedenfalls reißt sich Alki zusammen und tut so, als würde er nichts mehr trinken. Er kaut jetzt oft Kaugummi. Als würde das die Fahne wirklich verschwinden lassen … Aber vielleicht trinkt er weniger. Morgens steht er früher auf und hält die Arbeit durch. Am Abend muss er aber immer in den Schuppen, um ein Fahrrad zu reparieren oder so einen Quatsch. Nur ich fahre von uns ab und an Fahrrad, Ma hat das Auto und Alki nimmt den Bus. Wahrscheinlich hat er keine Vorräte mehr im Haus und pichelt heimlich zwischen Werkbank und Kreissäge.
Es ist nicht das erste Mal, dass es ihm „besser geht", wie Ma sagen würde. Die Frage ist, ob er es durchhält. Wäre schon cool!

Gemischte Gefühle

„Wenn keiner mehr dran glaubt, ist die Hoffnung schon geraubt", hacke ich in meinen Rechner, als Ma mich zum Abendessen ruft.

Ich geh die Treppe runter und sehe Alki am Esstisch sitzen. Scheinbar muss er nichts mehr reparieren. Gute Phase!

„Heute gibt es Schnitzel, dein Leibgericht!", sagt Alki, während ich mich an den Tisch setze.

Wie lange hat er nicht mehr richtig mit mir geredet, frag ich mich. Zu lange!

„Das war mein Leibgericht, als ich zehn war. Gerade steh ich eher auf die Burger vom Home-made-Burgerladen neben der Schule." Fühlt sich komisch an, mehr als ein Wort mit ihm zu wechseln. Ihm scheint es genauso zu gehen. Fällt ihm schwer, mir in die Augen zu sehen.

Ma bringt einen Teller mit frisch gebratenen Schnitzeln aus der Küche. „Ist das okay, wenn wir nur Brot dazu essen? Wir haben keine Kartoffeln mehr."

„Klar!", sag ich.

Alki nickt. Ma legt jedem ein Schnitzel auf den Teller

und reicht anschließend den Brotkorb rum. Auch ohne Kartoffeln ist sie bester Laune.

Sie hat ihre „Heile-Welt-Familie" wieder.

„Bist du schon aufgeregt wegen des Wettbewerbs?", fragt mich Ma, während sie ihr Brot mit Butter beschmiert.

„Ist ja noch über 'ne Woche hin. Da hab ich noch genug Zeit, um aufgeregt zu sein", antworte ich entspannt.

„Deine Mutter hat mir von dem Wettbewerb erzählt. Find ich gut, dass du da mitmachst."

Alki weiß, was in meinem Leben los ist?

„Ja, mal sehen, wird bestimmt nice." Ich will nicht zeigen, wie sehr ich das vermisst hab. *Oder kann ich es einfach nicht?*

„Hast du was dagegen, wenn ich bei deinem Auftritt dabei bin?" Dads Frage bringt mich durcheinander. Warum ist er wieder da? Was will er von mir? Ich bin ohne ihn gut zurecht gekommen.

„Wieso sollte ich da was dagegen haben? Klar kannst du dabei sein", sagt der andere Ben, der so gerne wieder einen normalen Vater hätte. Ich frag mich, ob ich in die Klapse gehöre.

„Wollen wir ein paar Körbe werfen gehen, bevor es dunkel wird?" Wie kommt Dad auf die Idee, er könnte auch nur einen Ball versenken …? Als ich acht war und er noch trocken, sind wir oft zusammen auf den Sportplatz ein paar Häuser weiter und haben gespielt. Damals war er richtig fit. Jetzt steht ein dicker Mann im Flur vor meinem Zimmer, der bei der kleinsten Bewegung ins Schwitzen kommt. Ich weiß nicht so recht, was ich von seinem Vorschlag halten soll. Trotzdem sage ich: „Warum nicht? Brauche eh mal 'ne Pause!" Ich lege die Kopfhörer beiseite und schalte den Rechner aus.

„Der Ball ist bestimmt irgendwo im Keller", rufe ich ihm nach, als er die Treppe nach unten geht.

„Wir treffen uns draußen vor dem Haus", gibt er zurück, als würden wir das öfter machen.

Tatsächlich sind wir ein paar Minuten später auf dem Weg zum Sportplatz. Er dribbelt den Ball über den Asphalt der Spielstraße. Es strengt ihn an, aber er kriegt's hin.

„Hast deinen Alten wohl schon abgeschrieben?",
fragt er, als er meinen erstaunten Blick sieht.
Ich verkneife mir eine ehrliche Antwort und sage
überheblich: „Mal sehen, was du auf dem Platz
bringst. Bin schließlich keine acht mehr und du nicht
gerade ein Dirk Nowitzki."
Eigentlich stand ich seit damals auch nicht mehr oft
auf dem Spielfeld. Was, wenn er besser spielt als ich?
„Warts ab! Dein Papa gehört noch lange nicht zum
alten Eisen!", sagt er und dribbelt den Ball auf den
Sportplatz, den wir eben erreichen. In aller Ruhe
steuert er den Korb an und wirft den Ball aus kurzer
Distanz hinein. Dann dreht er sich um und zeigt jubelnd
in meine Richtung.
„Was hab ich dir gesagt?" Er ist gut drauf. „Jetzt du!"
ruft er und wirft mir den Ball zu.
Ich werfe aus größerer Entfernung auf den Korb und
verfehle ihn knapp.
„Oh!", brummt Dad und lässt sein Kinn Richtung Brust-
bein fallen. Genau wir früher.

Ich frag mich, was wohl Lukas, Linda und die
anderen aus der Schule sagen würden, wenn
sie mich sehen könnten. Ben spielt mit seinem
Moppelvater Basketball. Uncool! Und wenn sie
wüssten, dass es das erste Mal seit Jahren ist,
dass wir was zusammen machen?
Ich denke daran, wie normal es früher war, mit
ihm auf dem Platz zu stehen. Jetzt fühlt es sich
einfach nur verkehrt an. Zu viel ist passiert.

„Tja, hab ich wohl verlernt", ruf ich ihm leicht angepisst zu.

„Das verlernt man doch nicht, ist wie Fahrradfahren", sagt er und versenkt den nächsten Korb aus größerer Distanz.

Ich spüre, wie sich irgendetwas in mir wehrt, das Spiel mitzuspielen. Ich meine, wie kann von heute auf morgen alles wieder okay sein?

„So langsam muss ich wieder an den Rechner! Hab noch einiges zu tun!", dränge ich ihn.

Seine übertrieben gute Laune ist wie weggeblasen.

„Verstehe! Aber war doch schön – oder?", fragt er.

Glaubt er, alles wäre damit vergessen?

„Jap!", antworte ich kurz. Ich zeige Richtung „Blauer Kasten" und gehe.

2 Konzentration!

Letzte Woche ging voll schnell rum. Ich kann's nicht glauben: Morgen ist der Wettbewerb. Ich lieg im Bett und versuch zu schlafen. Mein Wecker zeigt 23:50, gleich Mitternacht. Gedanken an meinen Dad rattern mir durch den Kopf.

Er hält sich wacker. Ma musste ihn letzte Woche nicht ein Mal von der Arbeit abholen. Abends hilft er in der Küche. Er redet viel mit mir und so langsam komm ich damit klar.

Wenn ich daran denke, dass Dad bei meinem Auftritt dabei sein wird, macht mich das nervös. Er hat mich noch nie auf der Bühne erlebt. Ob das überhaupt was für ihn ist?

Ich geb's zu, bin schon stolz auf ihn. Wie er gegen die Sucht kämpft. Und trotzdem hab ich **Angst**. Ich weiß, dass er noch heimlich trinkt. Nach der Arbeit geht er immer noch in den Schuppen und bleibt da 'ne Weile. Ist schwierig, ihm wieder richtig zu vertrauen.

Gestern wäre ich ihm fast hinterhergegangen, um

zu gucken, was er dort wirklich macht. Seit er wieder wissen will, wie es in der Schule war und so, denke ich oft über ihn nach. Ich frag mich, ob es ihm gut geht. Aber wenn ich ihn beim Saufen erwischen sollte, würde er durchdrehen. Das kenne ich noch von früher. Dann kommt er bestimmt nicht mehr zu meinem Auftritt. Also lass ich ihn machen und hoffe, er packt's. So, genug Tagebuch gespielt. Will morgen fit sein. Schlafen – jetzt!

3 Verkackter Start

„Brauchst du dieses Kabel hier auch?", fragt Ma und zeigt auf das Ladekabel von meinem Rechner.
„Ja, auf jeden Fall … Unbedingt. Pack's da in die Laptoptasche!", antworte ich ihr. Ich merke, wie die Anspannung in mir steigt.
Ich geh das Setting in meinem Kopf noch mal durch. Mikro, Laptop, Mischpult, Notfallboxen. Alles da!
„Okay, wir können die Sachen jetzt runter ins Auto schaffen." Mein Zimmer ähnelt einem Technikverleih, jetzt, wo ich die ganzen Geräte aus den Schränken vors Bett gestapelt habe. Krass, dass da mein ganzes Taschengeld drin steckt.
Ma greift den kleinen Koffer mit dem Mikro und geht die Treppe runter.
Ich prüfe vor dem Spiegel ein letztes Mal mein Outfit. Schwarzes Cap, weißer Hoodie ohne Aufdruck, schwarze Jogginghose. Perfekt. Schlicht aber präzise! Als Ma zur Haustür raus will, klingelt das Telefon. Kein gutes Zeichen. Ich strecke meinen Kopf in den Flur. Mein Vater wollte direkt von der Arbeit zum Auftritt kommen – keine Zeit, um früher Schluss zu machen.

Irgendein dringender Auftrag hat ihn die letzten Tage gestresst.

Ma nimmt den Hörer ab. „Ja, hallo?" Kurz Stille, dann: „Kann Michael ihn nicht bringen?"

Hammer! Ich fass es nicht! **Alki hat's nicht gepackt!**

„Ja, ich verstehe, wenn es nicht anders geht. Dann bin ich gleich da!"

Ich taumle zurück ins Zimmer, muss mich kurz aufs Bett setzen. Wie mies! Warum ausgerechnet heute? Hat er das absichtlich gemacht? Was für ein Arsch!

„Ben?" Ma ruft von unten. Dann kommt sie die Treppe hoch in mein Zimmer. Sie setzt sich zu mir. „Du hast es mitbekommen?" Ihre Stimme bricht weg, so, als würde sie gleich heulen.

Ich nicke und versuche, wieder zum alten Ben zu werden.

Vergiss ihn, ganz schnell! Denk an den Wettbewerb!

Ich springe vom Bett auf: „Liz' Vater fährt zum Wettbewerb. Sie können mich bestimmt mitnehmen."

Ma steht auf und versucht was zu sagen: „Ben …"

Aber ich brauche jetzt keine blöden Erklärungen.

Sie muss ihn abholen. Das ist wichtiger für sie.

Ich packe die Boxen und trage sie nach unten.

Ma nimmt die Tasche mit dem Rechner und stellt sie neben die Treppe in den Flur. Dann greift sie ihre Tasche und nimmt die Autoschlüssel vom Schuhschrank.

„Ich versuche nachzukommen.", sagt sie und ist raus.

Ich setze mich auf die vorletzte Treppenstufe und brauche noch einen Moment, bis ich mein Handy zücke und Liz' Nummer wähle.

4 Wut

Bis auf das Motorengeräusch ist es still im Auto von
Liz' Vater. Niemand spricht. Das Radio ist aus. Liz sitzt
mit mir auf der Rückbank. Sie sieht hin und wieder
zu mir rüber. Ich starre aus dem Fenster und sehe die
Stadt an mir vorbeiziehen.
„In fünf Minuten sollten wir da sein. Du kommst auf
alle Fälle noch pünktlich!" Liz' Vater stört die Ruhe.
Es fällt mir schwer, mich auf den Auftritt zu konzen-
trieren. Immer wieder stell ich mir vor, wie Alki besoffen
in der Umkleide der Tischlerei liegt, wie Ma ihm aufhilft,
und sie zusammen nach Hause fahren. Ich hätte es
wissen müssen!

Trotzdem werde ich heute eine gute Show
hinlegen. Die Wut in meinem Bauch hilft mir
dabei. Meinen Lebenstraum lass ich mir nicht
kaputt machen.

„Da wären wir!" Liz' Vater parkt auf dem großen Park-
platz vor dem Kulturzentrum.
„Danke!", sage ich kurz. Er hätte mehr Anerkennung

verdient, aber die Wut lässt mich unfair werden.

„Wir helfen dir mit den Sachen."

Liz. Sie glaubt immer an das Gute!

Auch dafür gibt es nur ein „Danke!" von mir.

Auf dem Vorplatz stehen ein paar Jungs. Sie warten sicher auf den Einlass. Als wir uns nähern, erkenne ich Fabian. Er ist der letzte, den ich jetzt sehen will. Voll bepackt schlendern Liz, ihr Vater und ich an ihnen vorbei. „Hey, Warmduscher! Machst du bei diesem Scheiß hier etwa mit? Passt zu dir!"

Der Spacko kann es nicht lassen. Ich beiße die Zähne aufeinander und gehe weiter.

„Wo haste denn deine Mama gelassen? Die muss wohl noch Wodka für deinen Papa kaufen."

Ich bleibe stehen. Nicht, weil ich es will. Fabians Worte setzen mich außer Gefecht.

„Was denn? Heulst du jetzt?"

Meine Arme werden so schwer, dass ich Laptoptasche und Verstärker auf das Pflaster fallen lasse. Ich drehe mich zu Liz und ihrem Vater. Beide stehen mit fragendem Blick hinter mir. Liz schüttelt den Kopf. Damit will sie wohl sagen: ‚Ich habe niemandem von deinen Eltern erzählt.' Ich glaube es nicht.

„Na, was ist? Doch kein Poetry Slam für Mama?"

Fabians Proletenfreunde gackern wie die Hühner. Sie prosten mir mit ihren Bierflaschen zu. **Scheiß auf Lebenstraum!** Ich stoße ein paar der Idioten zur Seite und kriege Fabian zu fassen. Er ist so überrascht von meinem Angriff, dass ich ihn mit einem Schlag zu Fall bringe. Sein dummes Grinsen vergeht ihm. Doch mir reicht das nicht. Ich schlage weiter auf ihn ein.

Für jeden seiner blöden Sprüche
einen Faustschlag, für Alkis leere
Versprechungen, sogar für Liz,
die mich verraten hat.
Keiner von Fabians Freunden hilft
ihm. Die Proleten gaffen nur.
Liz' Vater nicht! Er zerrt mich
von Fabian weg.
„Schluss jetzt!", höre ich seine
tiefe Stimme dicht neben
meinen Ohren.
Ich taumle ein paar Schritte nach
hinten. Fabians Nase blutet sein
hellblaues Shirt voll.

Liz hat Tränen in den Augen. Sie klammert sich
an mein Gepäck, als wollte sie am Wettbewerb
festhalten. Aber ich hab mich entschieden:
Scheiß auf Lebenstraum!

Als ich vom Platz Richtung Altstadt gehe, höre ich,
wie Fabian mir nachruft: „Du Psycho!"

25 Falscher Frieden

Außer Sichtweite – das ist alles, was ich will. Ich kann ihre vorwurfsvollen Blicke nicht gebrauchen. Adrenalin pumpt noch durch meinen Körper, aber nicht mehr genug. Ich spüre die Schmerzen in meinen Händen deutlich. Die Faustschläge waren heftig. Am Markt komme ich an einer Kneipe vorbei. Hier treffen sich die Alteingesessenen – das Stammpublikum. Alki war hier nie Gast. Warum nicht? Er gehört doch hierher. Ein Haufen alter Männer sitzt auf Plastikstühlen vor dem miefigen Lokal in der Nachmittagssonne. Sie trinken und lachen. Die haben keine Sorgen.

Ich denk an die scheiß Arbeit der letzten Wochen. Das ewige Grübeln über meinen Lebenstraum, das Sampeln und Proben. Alles umsonst! Den Wettbewerb kann ich vergessen. Vorbei!

Hab echt genug vom Kämpfen. Was soll das alles? Wozu? Will genauso easy sein wie die da drüben auf den billigen Plastikstühlen. Hab 'nen neuen Plan.

Ich geh zur Bushaltestelle um die Ecke und hab Glück. Der Bus nach Hause wartet auf mich. Ich steige ein und fahre heim.

Mas Auto steht in der Einfahrt. Interessiert mich nicht. Ich will sie nicht sehen. Durch den Garten schleiche ich unbemerkt zur kleinen Holzhütte – Alkis Schuppen. Die Tür ist abgeschlossen, aber ich weiß, wo Alki den Schlüssel versteckt: unter einer lockeren Holzleiste am Fenster. Bingo! Ich schließe auf und geh rein. Es riecht nach Motoröl, aber es sieht nicht nach Arbeit aus. Alles ist aufgeräumt. Keine Fahrräder auf dem gefegten Betonfußboden.

Ich reiße die grünen Metallschränke auf. Schon beim zweiten habe ich Glück. Zwei Wodkaflaschen stehen griffbereit im mittleren Fach. Eine ist nur noch halbvoll. Ich nehme die andere, die noch zu ist, schraube sie auf. Kein unangenehmer Geruch! Umso besser! Ich stelle mich auf das Brennen ein, das gleich einsetzen wird. Weg mit der Wut im Bauch. In großen Schlucken vernichte ich den Alkohol – ein Viertel der Flasche, ohne abzusetzen. Durchatmen! Die Wirkung setzt schnell ein. Vor dem Auftritt konnte ich nichts essen. Mein Magen kennt das harte Zeug noch nicht.
Ich lass mich auf den kalten Boden fallen. Macht nichts, die Wärme kommt von innen.
Mit geschlossenen Augen merke ich, wie sich die Gedanken um Alki, Liz und den Wettbewerb verziehen. Ich werde leicht und lächle. Kein albernes Rumgegröle wie bei den anderen auf den Partys. **Einfach nur Ruhe und Frieden!**

Ich will weitertrinken und versuche, die Flasche anzuheben. Als ich die Augen öffne, dreht sich alles. Ich bleibe auf dem Boden sitzen, angelehnt an den Schrank und chille.

Endlich ist mir der ganze Mist egal!

Böses Erwachen

Als ich meine Augen wieder öffne, bin ich nicht mehr im Schuppen. Ich liege in meinem Bett. Mein Kopf tut höllisch weh, als ich mich aufrichte.
Neben dem Bett steht ein leerer Eimer. Ich versuche mich daran zu erinnern, wie ich hierhergekommen bin, doch es fällt mir nicht ein. Filmriss!

Anscheinend habe ich doch noch mehr von dem Wodka getrunken. Oder hat mich das bisschen so um-gehauen? Mein Handy liegt auf dem Hocker neben dem Bett. Ich strecke meinen Arm aus und werfe den Hocker um, als ich das Handy zu fassen kriege.
Das Poltern schmerzt in meinem Schädel.
Auf dem Display werden entgangene Anrufe ange-zeigt: Ma, Liz und sogar Lukas. Beim Blick auf die Uhr-zeit zucke ich zusammen. Gestern um die Zeit kam ich aus der Schule. Krass! Wie viele Stunden war ich weg?
„Du bist wach!" Ma öffnet die Tür, die nur angelehnt war. Sie sieht sehr besorgt aus.
Ich schäme mich. Ich weiß, dass sie heute im Laden sein müsste.

„War kein guter Tag gestern."

Sie hat recht. „War einfach nur mies. Alles ist schief-gelaufen", gebe ich zu. Ich warte darauf, dass sie mir einen Vortrag hält, aber der bleibt aus. Keiner von uns beiden sagt was. Ne ganze Weile.

„Wie geht's ihm?" Ich weiß nicht, warum ich aus-gerechnet nach Alki frage.

„Wen meinst du? Deinen Vater oder Fabian?", fragt meine Ma leicht vorwurfsvoll.

Fabian! Den Spacko hatte ich ganz vergessen.

„Sollte ich denn was über Fabian wissen?"

Ich versuche, das Ganze runterzuspielen.

„Ein paar blaue Flecke wird er haben. Ansonsten geht's ihm gut, soweit ich weiß … **Dein Ausraster kam ziemlich überraschend."**

Ma kann mir nicht in die Augen sehen. Ich glaube, sie gibt sich die Schuld für das, was passiert ist.

Ich will nichts mehr von Fabian hören.

„Und wie geht's dem anderen?"

Weder Alter, Dad noch Alki bekomme ich gerade raus. Ma kneift die Lippen zusam-men. Sie mag nicht, wie ich über ihn rede.

„Er hat seinen Rausch ausgeschlafen und ist heute früh wieder zur Arbeit", sagt Ma routiniert. Dann fängt sie unerwartet an zu grinsen. „Da hat er dir was voraus."

Die Art von Galgenhumor liegt in der Familie, denke ich. Aber das alles ist nicht zum Lachen.

„Bei mir wird's sich wenigstens nicht wiederholen."

Ma vergeht das Grinsen. „Glaub ich! War übrigens ziemlich dumm von dir, dich alleine so abzuschießen."

Da kommt sie, die Moralpredigt.

„Wenn Liz mit ihrem Vater nicht hier aufgekreuzt wäre, hätten wir bestimmt viel später nach dir gesucht."

Plötzlich ist mir die Sache noch peinlicher. „Hat Liz mich etwa so gesehen?"

„Ich wollte mich gerade ins Auto setzen, um zu deinem Auftritt zu kommen. Da standen sie vor der Tür und haben von deinem Ausraster erzählt. Naja, und dann haben wir dich zum Glück schon bald im Schuppen gefunden."

„Sag nicht, dass ich mich vollgekotzt habe." So ein Bild wird man bestimmt nicht mehr los. Mir hat sich schon der Anblick eines vollgekotzten Klos eingebrannt. Da hatte Alki offiziell Magen-Darm … Beruhigen kann mich Ma trotzdem nicht.

„Du lagst auf dem Boden, mit einer umgestoßenen Wodkaflasche neben dir. Grauenhaft! Ich dachte, du wärst bewusstlos." Ma fängt an zu schluchzen. Ihre Angst um mich macht mir zu schaffen.

„Aber?" singe ich, um ihre Sorgen zu verjagen.

Es klappt! Ma kommt wieder klar.

„Du hast nur geschlafen. Wir haben dich dann ins Haus gebracht und du hast gequengelt wie ein Baby."

Das ist auch nicht gerade etwas, was Liz von mir mitkriegen sollte.

„Warum machst du dir eigentlich so viele Gedanken darüber, was Liz von dir hält? Du bist doch eh total sauer auf sie, hat sie mir erzählt."

Ma kennt also die ganze Geschichte. Ich atme tief

durch und gebe zu: „Weil es bescheuert war, was ich ihr unterstellt habe."

„Du meinst, dass sie rumerzählt haben soll, dass dein Vater ein Alkoholproblem hat?" Ma streicht mit ihrer Hand über meinen Arm.

„Wir haben gestern lange geredet. Wir leben in einer Kleinstadt und dein Vater trinkt auf der Arbeit. Viele wissen es, aber niemand spricht uns darauf an."

„Wir kriegen es ja nicht mal selbst hin, darüber zu sprechen", ergänze ich. So langsam meldet sich die Wut in meinem Bauch zurück.

7 Einsichten

„Wir haben uns eben alle dran gewöhnt und
versuchen, das Beste draus zu machen", sagt Ma.
Der Schmerz pocht stärker in meinem Kopf.
**„Er braucht uns. Das dürfen wir nicht vergessen.
Wir sind doch eine Familie."**
Ich frage mich, warum ich ausgerechnet so eine
Familie haben muss, sage es aber nicht laut.
„Die letzten Tage haben mich sehr an früher erinnert.
Wie ihr wieder miteinander geredet habt." Ma lächelt.
„Das war ein Fehler!" Ich weiß nicht, warum ich ihr
wehtun muss. „Er hat sich den perfekten Zeitpunkt
ausgesucht, um sich die Kante zu geben."
„Das hat er doch nicht absichtlich gemacht, Ben!
Er ist krank! Der Großauftrag auf der Arbeit hat ihn
unter Druck gesetzt. Vielleicht hatte er auch Angst,
rückfällig zu werden und dich wieder enttäuschen
zu müssen." Ma weiß also, was los ist.
„Und da macht er einfach das Dümmste, was man
tun kann? Er säuft! Warum geht er nicht zum Arzt,
wenn er krank ist?", frage ich eiskalt.
„Das habe ich ihm auch schon gesagt, aber so

einfach ist das nicht." Ich hab genug von ihrem verständnisvollen Getue und lass sie einfach reden. „Ich mach mir auch Sorgen um dich! Du bist in den letzten Monaten so hart geworden, als ob du deine Gefühle wegschließen würdest … – und ich kann's verstehen, vor allem nach gestern."

Soll ich ihr jetzt sagen, dass sie recht hat, dass ich manchmal gar nichts fühle, wenn ich an die ganze Scheiße denke? Nein, das kriege ich nicht hin. Ich starre an die Wand.

„Es tut mir leid!", sagt sie und geht aus dem Zimmer. „Ist nicht deine Schuld!", flüstere ich ihr nach, leise genug, dass sie es nicht hören kann.

8 Erledigungen

Nachdem ich mir eine Aspirin reingeworfen und viel
Wasser getrunken habe, geht's mir ein bisschen besser.
Eigentlich könnte ich den ganzen Tag im Bett liegen-
bleiben, aber das will ich nicht. **Ich mach mich bereit
für die Straße.** Hab was zu erledigen. Liz und ihr Vater
haben meine Technik im Flur abgestellt, alles ist save.
„Ich räum die Sachen später weg!", rufe ich Ma zu,
die im Wohnzimmer den Laminatboden wischt.
„Wo willst du denn hin?", fragt sie mich.
„Muss was geradebiegen!", sag ich.
Ma weiß bestimmt, wen ich besuchen möchte.
Ich schnappe mir mein Fahrrad und fahre Richtung
Stadt. Die frische Luft tut mir gut. Liz wohnt im Dichter-
und Denker-Viertel. Das heißt so, weil die Straßen nach
Goethe und Co. benannt sind. Ab und an rebelliert
mein Magen. Ich komme nicht so gut vorwärts wie
sonst. Doch dann schließe ich endlich mein Rad vor
dem Reihenhaus ab, in dem Liz wohnt. Gut, dass ich
mir ihre Adresse gemerkt habe. Ich gehe auf die
mittlere Haustür zu und drücke den Klingelknopf.
Liz öffnet die Tür. „Hallo!", sagt sie.

Sie lächelt mich an und wirkt gar nicht angepisst.
Irgendwie komme ich mir jetzt richtig dumm vor.
Ich dachte, sie ist sauer auf mich.
„Alles okay?", fragt sie, weil ich zu lange brauche,
um meine Gedanken zu sortieren und wieder mal
nichts sage.
„Ja. Mir geht's wieder einigermaßen!", antworte ich.
„Zum Glück hast du nicht die ganze Flasche geleert,
sonst würden wir uns jetzt im besten Fall im Kranken-
haus unterhalten."
Die Moralpredigt brauche ich von Liz nicht, deshalb
komme ich zur Sache.
„Du, ich wollte mich entschuldigen. Tut mir leid,
dass ich dir unterstellt habe, dass du mich verraten
hast."
Ihre Sommersprossen werden durch ihr Lächeln wieder
größer. „Ist schon gut! War einfach 'ne doofe Kombi.
Dein Vater kriegt ausgerechnet kurz vorm Wettbewerb
'nen Rückfall und Fabian textet dich doof zu. Da kann
man schon mal ausrasten. Außerdem …" Auf einmal
sieht sie mich todernst an, „… können Geheimdienst-
mitarbeiter sehr gut mit vertraulichen Informationen
umgehen."

Zum ersten Mal an diesem Tag fühl ich mich nicht
wie ein totaler Versager. Liz ist mir wichtig. Ich kann
nicht anders, als ihr einen Kuss zu geben. Sie ist
überrascht, zuckt aber nicht zurück. Sie scheint
ähnlich zu fühlen. Wir sehen uns an.
Doch bevor es kitschig wird, findet Liz die richtigen
Worte.

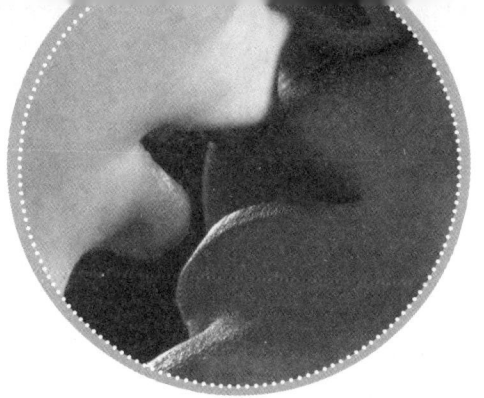

„Wenn du dich immer so entschuldigst, kannst du gerne mehr Bockmist bauen."
Dieses Mal bin ich schlagfertig:
„Wie kann ich mich denn für meinen saufenden Vater entschuldigen?"
Liz findet das nicht ganz so lustig. „Rede nicht so über ihn! So egal ist er dir nicht, sonst hättest du dich nicht seinetwegen geprügelt."
Sie hat recht! Ich wollte nicht, dass Fabian über ihn herzieht.
„Aber was soll ich denn machen? Jedes Mal, wenn ich anfange, ihm wieder zu vertrauen, macht er alles kaputt."
„Willst du das echt hier draußen vor der Tür bespre-chen?" Liz macht einen Schmollmund. „Komm rein!" sagt sie und zieht mich in den Flur.

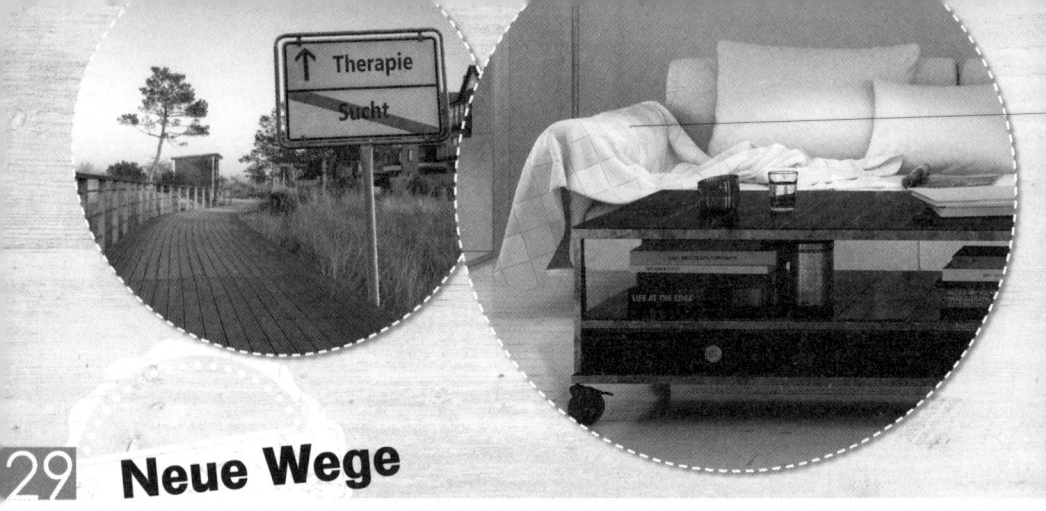

Liz sitzt neben mir auf dem Sofa. Ihre Eltern haben einen guten Geschmack. Das Wohnzimmer ist richtig edel eingerichtet, so designermäßig. Das Sofa, die Stühle, die Vorhänge – alles ist in hellen Farben aufeinander abgestimmt.

Hinter uns steht so eine Lampe, die aussieht wie eine riesige Suppenkelle und innen mit Gold ausgekleidet ist.

„Lukas hat mir geschrieben, weil du nicht erreichbar warst. Sie nennen dich jetzt den Beninator. Er findet es richtig cool, dass du diesen Fabian verprügelt hast." Liz guckt auf ihr Smartphone.

„Ich wusste gar nicht, dass Lukas und ich so dicke Kumpel sind", antworte ich.

„Tja, vielleicht hast du ja doch ein paar Freunde ..."
Liz zieht neugierig ihre Augenbrauen hoch.

„Kann nicht sein. Dafür bin ich zu gestört." Mit den Fingern meiner rechten Hand forme ich eine Pistole. Dann tu ich so, als würde ich abdrücken und mache mit meinen Lippen einen Knalllaut. Manchmal denke ich, es wäre schon schön, ein paar richtige Freunde

zu haben. Naja, vielleicht sollte ich mal dran arbeiten.
„Spinner!", sagt Liz und zieht meine Hand zurück aufs
Sofa. „Du bist perfekt, so wie du bist. Sonst wäre ich
nicht so gern mit dir zusammen."
Sie hat „so gern" gesagt. Ohne die zwei Wörter hätte
ich es noch besser gefunden.
**„Und was deinen Vater angeht, glaube ich, dass er es
allein nicht hinkriegt."**
„Ich weiß!", antworte ich schnell, als wäre das Thema
damit beendet.
„Onkel Martin schafft es selbst mit Hilfe nicht und muss
immer wieder in die Klinik."
Gerade war Liz doch noch so positiv. „Alki wird sich
nie freiwillig Hilfe holen. Dafür kommt er zu gut durch
mit allem."
„Aber so kann es nicht ewig weitergehen!", sagt Liz
energisch.
„Wenn Ma ihn immer von der Arbeit abholt und Alk
besorgt, auf jeden Fall nicht. Sie wird ihn nie verlassen."
Irgendwie bin ich echt ratlos.
Liz denkt nach und schlägt dann vor: „Und wenn
wir mal mit jemandem aus Onkel Martins Klinik
sprechen? Ich meine, die wissen bestimmt, was man
da am besten macht."
Wieder ist da dieses blöde Gefühl, meine Familie zu
verraten. „Ich weiß nicht, dann sollte jedenfalls Ma
Bescheid wissen."
„Wir können doch vorher mit ihr reden. Vielleicht
kommt sie mit …" Für Liz scheint alles so einfach zu
sein. Aber vielleicht ist es das ja auch.
„Sie hat heute zum ersten Mal bei mir zugegeben,

dass er ein Alkoholproblem hat."

„Bestimmt, weil sie große Angst um dich hatte. Und da war sie nicht die Einzige." Liz sieht mich einfach nur an. Ihr liegt was an mir. Bevor ich rot werde, weiche ich aus.

„Ähm ja – und doof, dass das mit dem Wettbewerb nicht geklappt hat."

Liz lässt sich auf den Themenwechsel ein.

„Ja, schade, aber nicht so schlimm. Mein Vater sagt immer:

‚Qualität setzt sich durch'. Wer weiß, wofür die Tracks gut sind …"

Ich nicke und hoffe, dass sie recht hat.

Sechs Monate später

In den letzten Monaten hat sich was verändert. Mein Alter wohnt jetzt allein im Blauen Kasten. Ma und ich sind ausgezogen. Es ging einfach nicht mehr. Dad hat zwar ne Therapie gemacht, aber is besser, wenn Ma ihr eigenes Ding durchzieht. Manchmal besuche ich ihn. Ist ok. Er sucht gerade ne neue Arbeit. Sein Chef in der Tischlerei hatte dann doch genug.

Liz und ich wohnen jetzt fast in der gleichen Hood. Ziemlich cool! Meistens treffen wir uns bei ihr. Ihr Zimmer ist einfach größer;) Letzte Woche hat sie sich beschwert, dass ich zu wenig Zeit für sie hätte. Ich hab gesagt: „Selbst Schuld!"

Sie hat meine Tracks vom Wettbewerb an ein Label geschickt. Die fanden die gut und jetzt soll ich ganz schnell ne Art Album basteln. Da muss ich ranklotzen.

Zum Glück muss ich keine Sozialstunden oder sowas wegen der Aktion mit Fabian leisten. Der Spacko wollte mich anzeigen, aber Liz hat ihm klargemacht, wie blöd er selbst drauf war. Und ja... ich bin zu ihm und hab mich entschuldigt.

Wer weiß, vielleicht wird er ja doch noch wahr – mein Lebenstraum!

Unterrichtsideen

Worum geht es in dem Roman?

Im Roman „Promille+Beats" von Dirk Petrick geht
es hauptsächlich um das Thema „Alkohol" bzw.
„Alkoholsucht". Aber auch in unserem täglichen
Leben, in der Gesellschaft … spielen diese Themen
eine große Rolle. So ist Alkohol zwar eine **Droge,** doch
sie ist **gesellschaftlich allgemein akzeptiert.** Zu vielen –
gesellschaftlichen – Anlässen gehört es dazu, Alkohol
zu trinken. In allen Lebensbereichen gibt es **Rituale,** die
mit Alkoholgenuss verbunden sind. Es wird zu offiziellen
Anlässen (Preisverleihungen, Jubiläumsfeiern …) eben-
so selbstverständlich Alkohol (z. B. Sekt) getrunken wie
zu privaten Feiern (Geburtstag, Silvester …). Gerade
auch bei Hobbysportlern ist der Alkoholgenuss zum
Beispiel nach einem Spiel weit verbreitet. Bei privaten
Feten, in der Disco, bei Musikfestivals … darf anscheinend der Alkohol nicht fehlen. Menschen, die bei diesen Gelegenheiten nicht mittrinken wollen, werden oft
zu Außenseitern abgestempelt. Ihr Verhalten wird von
der Gruppe häufig nicht akzeptiert. Insofern wird ein
gewisser Gruppendruck bzw. **Gruppenzwang** erzeugt,
der demjenigen, der nicht trinkt, zusetzt.

Der Roman „Promille+Beats" erzählt aus der Sicht des
16-jährigen Ben von der **Alkoholabhängigkeit seines
Vaters und den Auswirkungen dieser Sucht auf die
Familie und besonders auch auf ihn.** Ben versucht, sein
eigenes Leben zu leben. Doch immer wieder wird er
daran erinnert, dass sein Vater ein Trinker ist, Ben sich

immer weiter von seiner Familie entfremdet und dadurch Anlass für Probleme bietet. **Ben schämt sich für seinen Vate**r und hat Angst, dass zum Beispiel seine Schulkameraden von der Alkoholsucht erfahren. Als er auf einer Party **Liz kennenlernt,** findet er in ihr eine verständnisvolle Gesprächspartnerin und auch echte Freundin. Ben ist ein **talentierter Rapper,** er schreibt kluge Texte und macht auch die Musik dazu. Bei seinen Mitschülern hat er damit bereits viel Erfolg. Aber wie so oft im Leben gönnen ihm dies nicht alle. Vor allem Fabian hat immer wieder einen blöden Spruch auf Lager. Als Ben bei einem großen **Poetry-Slam-Wettbewerb** auftreten will, wird er von Fabian vor der Veranstaltung angepöbelt. Es kommt zum **Streit.**

Wie kann man einen Roman interpretieren?

Stichwort: Interpretation
Interpretation ist die **Erklärung bzw. Deutung eines – literarischen – Textes.** Dabei sollten ein klarer Aufbau der Interpretation und folgende Inhalte berücksichtigt werden:
- **Einleitung:** Name von Autor und Werk (Roman) • kurze Darstellung, worum es in dem Text geht
- **Hauptteil:** • Textgliederung (zum Beispiel Nennung der einzelnen Kapitel), Themen des Textes (Romans), Handlungsverlauf • Erzählperspektive (z. B. Ich-Erzähler) • Erzählzeit (Vergangenheit, Gegenwart) bzw. erzählte Zeit • Charakteristik der Hauptpersonen • Hauptaussagen des Textes • Sprache (Hochsprache, Umgangssprache ...) • ...

- **Schluss:** Bezug des Textinhalts zur Gegenwart bzw. zur eigenen Situation • persönliche Wertung des Textes (Wirkung auf den Leser)

Grundsätzliche Hilfen, um einen Romantext zu interpretieren
(Einzelne Vorlagen kannst du kostenlos von der Homepage des Verlages herunterladen: *www.buchverlagkempen.de* → LI121, Suchwort: Promillebeats. Achte auf dieses Zeichen:)

- **Romantagebuch:** Um den meist ziemlich umfangreichen Text eines Romans „in den Griff" zu bekommen, bietet sich als ein geeignetes Hilfsmittel das Führen eines Romantagebuches an. In einem solchen Romantagebuch **werden die wichtigsten Inhalte der Romanhandlung festgehalten.** Das heißt, dass dort u. a. der **Verlauf der Handlung** niedergeschrieben wird. Zusätzlich notiert man, welche **Personen** vorkommen, wie sie handeln, welche **Charaktereigenschaften** sie haben. Schließlich können in einem Romantagebuch **eigene Gedanken** zur Geschichte, zur Handlung, zu den Personen, den Aussagen des Romans, dem Schreibstil ... notiert werden.

- **6-Schritt-Lesemethode:** Es gibt verschiedene Möglichkeiten, um den **Sinn eines Textes verstehen** zu lernen. Es reicht ja nicht aus, dass man einen Text bloß liest. Man muss ihn auch verstehen und wissen, was der Autor aussagen wollte. Eine gute Möglichkeit zum sogenannten **sinnerfassenden Lesen** ist die 6-Schritt-Lesemethode. Wenn du diese Methode beim Lesen und Erfassen eines Romantextes anwendest, wirst du den Text bestimmt gut verstehen.

 • **Inhaltsangabe:** Im Unterricht wird immer wieder eine Inhaltsangabe verlangt. Sie ist bei der Beschäftigung mit einem Roman besonders wichtig. Schließlich sollst du ja den **Inhalt des Romans möglichst genau kennenlernen.** Dabei hilft natürlich eine Inhaltsangabe.

 • **Charakterisierung der Hauptpersonen:** In den meisten Romanen (wie in vielen anderen literarischen Texten auch) spielen **reale Personen oder auch Fantasyfiguren ...** eine große Rolle. Mit ihnen erleben wir eine Geschichte, eine Handlung ..., fiebern mit ihrem Schicksal mit, erleben Gutes wie Schlechtes, schlüpfen vielleicht sogar in diese Personen hinein und identifizieren uns mit ihnen. Es ist also wichtig, sich mit den **Hauptpersonen** einer Handlung intensiv zu beschäftigen. Eine große Hilfe dabei stellt eine sogenannte **Charakterisierung** dar, die man von einer Person (einer Figur ...) anfertigen kann.

 Wer hat das Buch geschrieben?

Wer ist eigentlich der Autor dieses Buches? Was ist das für ein Mensch? Wie alt ist er? Wo wohnt er? Macht er noch etwas anderes als Bücherschreiben? Wie ist er dazu gekommen, dieses Buch zu schreiben? Hat er noch andere Bücher geschrieben? Du siehst, es gibt eine ganze Reihe von Fragen, die man einem Autor stellen könnte bzw. Dinge, die man über einen Autor erfahren kann.

Über den Autor des Buches „Promille+Beats" lässt sich im Internet auf seiner Homepage einiges erfahren.

Aufgabe:
Fertige einen Steckbrief vom Autor an.

Hauptperson des Romans:
Für die Handlung des Romans spielen Ben, seine Eltern und Liz wichtige Rollen. Es ist sinnvoll, sich mit ihnen intensiv zu beschäftigen.

Aufgaben:
1. Versuche nun, eine möglichst genaue Charakterbeschreibung von Ben vorzunehmen.
2. Charakterisiere Bens Vater und auch seine Mutter.
3. Welche Charaktereigenschaften hat Liz?

Welche Themen werden im Roman behandelt?
Die wichtigsten Themen sind
• die Alkoholsucht,
• die Versuche der Hauptperson Ben, sich selbst zu finden, seine eigene Identität zu erkennen und zu bilden,
• Bens Beschäftigung als Rap-Musiker,
• Bens Verhältnis zu Liz.

Alkohol / Alkoholsucht
Was ist überhaupt Alkohol?
Unter Alkohol versteht man den zur Gruppe der Alkohole gehörenden **Ethylalkohol.** Er wird durch Vergärung von Zucker aus unterschiedlichen Grund-

stoffen gewonnen. Zu diesen Grundstoffen können im Grunde alle zuckerhaltigen Nahrungsmittel verwendet werden. So werden alkoholische Getränke zum Beispiel aus Hopfen und Malz (beim Bier), Trauben (beim Wein) oder Getreide (Whisky) hergestellt. Es ist eine sogenannte legale Droge. Das heißt, man darf Alkohol ungestraft kaufen und konsumieren; allerdings mit bestimmten Altersbeschränkungen.

Wie wirkt Alkohol auf den Menschen?
Der Alkoholkonsum ist mit einer Reihe von negativen Wirkungen und Folgen verbunden. Vor allem die **Sucht,** also die Abhängigkeit von Alkohol und die damit verbundenen Auswirkungen auf den Körper und die Psyche, sind die Hauptprobleme.
Alkohol hat als eine **stark wirkende Droge** eine **berauschende Wirkung.** Dies wird von vielen Menschen, die Alkohol trinken, als angenehm empfunden. Alkohol entspannt und enthemmt Menschen häufig. Dies macht den besonderen Reiz des Alkoholkonsums aus. Der als positiv empfundene Zustand soll sich wiederholen. Hier kommt das sogenannte **Belohnungssystem unseres Gehirns** ins Spiel. Wenn dieses System einmal mit dem Suchtstoff Alkohol in Kontakt gekommen ist, sendet es immer wieder Impulse aus, die nach mehr von der Droge verlangen.

Was versteht man unter Alkoholsucht?
Zunächst einmal: Mediziner und andere Wissenschaftler sind sich einig, dass Alkoholsucht eine **Krankheit** ist. Dabei ist der Alkoholismus die am weitesten verbrei-

tete Suchterkrankung. Besonders problematisch ist, dass die Alkoholsucht sehr oft unterschätzt wird. Eine eindeutige Begriffsbestimmung der Alkoholsucht vorzunehmen, ist nicht einfach. Dies hängt damit zusammen, dass die Grenzen zwischen Alkoholismus, Alkoholmissbrauch und Genuss-Trinken fließend sind. Es gibt eine Internationale Klassifikation von Krankheiten (ICD). Hier spricht man von Alkoholismus, wenn drei der sechs folgenden Symptome zutreffen:

• „starkes oder zwanghaftes Verlangen, Alkohol zu trinken
• Probleme, den Alkoholkonsum zuverlässig zu begrenzen
• Entzugserscheinungen, wenn nicht getrunken wird
• erhöhte Alkoholtoleranz
• Vernachlässigung anderer Tätigkeiten und Verpflichtungen, um trinken zu können
• anhaltendes Trinken trotz bestehender gesundheitlicher Schädigungen durch den Alkoholkonsum" (aus: *www.meine-gesundheit.de*)

Zahlreiche **Symptome und Krankheiten** sind mit einem fortschreitenden Alkoholkonsum verbunden und deuten auf eine Alkoholabhängigkeit hin: z. B. heimliches Trinken; Verstecken von Alkohol, betrunken Auto fahren; Streitigkeiten oder körperliche Auseinandersetzungen; Geldsorgen; Rückzug von Freunden, Familienmitgliedern oder Lebenspartnern; immer weniger sozialer Kontakt zu Nichttrinkern; Erkrankungen der Leber und der Bauchspeicheldrüse

Wie weit ist die Alkoholsucht verbreitet?
Neben der Nikotinsucht ist die Alkoholsucht die am weitesten verbreitete Sucht in Deutschland, wahrscheinlich sogar weltweit. Daher spricht man beim Alkoholismus auch von einer **Volkskrankheit.** Allein in Europa werden 7,4 % der gesundheitlichen Störungen und vorzeitigen Todesfälle durch Alkohol verursacht. Damit ist die Alkoholsucht nach dem Tabakkonsum und dem Bluthochdruck die **dritt-häufigste Todesursache.** Bei jungen Männern in der EU ist der Alkoholkonsum sogar die häufigste Todes-ursache. Schätzungen gehen davon aus, dass in der EU ungefähr 55 Millionen Menschen Alkohol in gesundheitsgefährdender Weise konsumieren. Weitere 23 Millionen sind alkoholabhängig. Die Zahl der Alkoholkranken in Deutschland wird im Jahrbuch Sucht für das Jahr 2017 mit 3,3 Millionen angegeben. Für rund 40 000 Todesfälle jährlich ist Alkohol verant-wortlich.

Das Thema Alkoholsucht im Roman „Promille+Beats"

Auswirkungen der Alkoholsucht auf Bens Familie
Neben der Alkoholsucht des Vaters spielen auch die **Familienverhältnisse** eine Rolle, die natürlich vor allem durch die Sucht des Vaters bestimmt werden. Das Verhältnis der Eltern zueinander ist durch die Alkoholsucht belastet, ebenfalls das Verhältnis zwischen Vater und Sohn. Das hat natürlich auch Auswirkungen auf den Sohn.

Aufgaben:

1. Wie empfindet Ben die Alkoholsucht seines Vaters? Wie geht er damit um? Beurteile Bens Verhalten: Ist es angemessen? Verständlich? Ungeeignet? Falsch?
2. Wie belastet die Sucht des Vaters das Verhältnis zu Ben? Wie zu seiner Frau? Welche Auswirkungen hat sie auf das gesamte Familienleben?
3. Warum ist Bens Vater rückfällig geworden?
4. Warum kauft ihm seine Frau weiterhin Alkohol?
5. Glaubst du, dass Ben seinem Vater helfen könnte? Wenn ja, wie?
6. Welche Erwartungen stellt Ben an seinen Vater?
7. Welche allgemeinen Maßnahmen wären sinnvoll, um dem Vater – und damit der ganzen Familie – zu helfen?
8. Welche Rolle spielt Bens Freundin Liz bei der Beschäftigung mit der Alkoholsucht?

Selbstfindung

Für Ben stellt die Alkoholsucht seines Vaters ein großes Problem dar. Ben flüchtet sich in das Schreiben von Rap-Texten sowie das Erstellen von Tracks. Hier kann er seinen Gefühlen freien Lauf lassen und sich mit dem beschäftigen, das ihn betrifft.

Gerade für junge Menschen im Alter von Ben stellt sich immer wieder die Frage nach dem Sinn. Nach dem **Sinn des Lebens,** aber auch nach dem Sinn dessen, was man tut, womit man sich beschäftigen will, was man als sinnvoll ansieht. So entflieht Ben durch sein „Texter-Hobby" nicht nur dem schwierigen Alltag zu

Hause, sondern er findet auch eine Möglichkeit, sich selbst zu finden.

Die Frage **„Wer bin ich?"** beschäftigt Menschen schon seit Tausenden von Jahren. Auch ist diese Frage nicht nur vom Alter des Einzelnen abhängig. Aber gerade in jungen Jahren ist die Beschäftigung mit dieser Frage besonders aktuell und auch wichtig. Die Frage nach der **eigenen Identität** gehört zu den **Grundfragen unserer menschlichen Existenz.** Zwar gehen wir Menschen oftmals davon aus, uns selbst zu kennen, uns auf jeden Fall am besten zu kennen. Schließlich wissen nur wir selbst, wie es in uns aussieht, mit welchen Fragen und Themen wir uns beschäftigen, was wir denken und fühlen. Dabei stellt sich allerdings die Frage, ob diese **Selbstsicht** auch zutreffend ist, ob wir uns richtig kennen und einschätzen können. Ist das, was ich von mir wahrnehme, tatsächlich auch identisch mit der Person, die ich bin? Kann nicht ein anderer, meine Eltern, ein Freund, ein Partner, mein Lehrer ... nicht viel genauer und zutreffender sagen, wer ich bin? Gehen wir dieser Frage einmal etwas genauer nach und betrachten die Entwicklung der Persönlichkeit über einen längeren Zeitraum.

Aufgaben:
1. Beschreibe deine eigene Persönlichkeit möglichst genau. Dabei ist es sinnvoll, wenn du zum Beispiel Charaktermerkmale, Verhaltensweisen, Einstellungen, Werte ..., eben was dir wichtig ist in deinem Leben, beschreibst.

2. Nun beschreiben dich andere (zum Beispiel deine Mitschüler oder Freunde).
3. Vergleiche diese Persönlichkeitsbeschreibungen mit deiner eigenen Sichtweise. Welche Übereinstimmungen, welche Abweichungen lassen sich feststellen?
4. Besprecht eure Erkenntnisse in der Klasse.
5. Versuche nun, für dich die Frage zu beantworten: „Wer bin ich?"
6. Gerade, wenn man noch jung ist, strebt man vielleicht danach, anders sein zu wollen, als man ist. So ist es auch interessant zu fragen: „Wer möchte ich sein?"

Ben und die Rap-Musik

Für Ben spielt die Musik, das Texten und Komponieren, eine große Rolle. Es ist die Rap-Musik, die ihn besonders interessiert und von der er begeistert ist.

Aufgaben:
1. Welche Bedeutung hat das „Machen" von Rap-Musik für Ben?
2. Glaubst du, dass das Schreiben von Texten und das Komponieren von Musik geeignet ist, um Bens Probleme zu lösen? Begründe deine Antwort.
3. Was verarbeitet Ben in seiner Musik?
4. Warum hat er wohl mit seiner Musik so viel Erfolg in seinem Bekanntenkreis, in seiner Klasse?
5. Hast du auch schon einmal versucht, deine Gedanken und Gefühle in einer „künstlerischen" Form zum Ausdruck zu bringen?

Wenn ja, beschreibe dies! Wenn nein, versuche einmal zu erklären, warum nicht.

6. Welche Erfahrungen hast du im Umgang mit Rap-Musik gemacht?

7. Beschäftige dich genauer mit der Rap-Musik und fertige eine „Präsentation" für deine Klasse: Referat oder Beamer-Präsentation oder Poster ... Sinnvoll wäre es natürlich, neben Texten und Bildern auch Musikbeispiele einzubauen. Informiere dich über die „Wurzeln" des Rap und stelle seine Entwicklung von der Anfangszeit bis heute dar. Welche gesellschaftlichen Verhältnisse spiel(t)en für die Entwicklung der Rap-Musik eine wichtige Rolle? Mit welchen Themen beschäftigen sich die Texte vor allem? Gibt es Unterschiede zwischen der amerikanischen und der deutschen Rap-Musik? Wie unterscheidet sich der Hip-Hop von der Rap-Musik? Berichte über bekannte und erfolgreiche Rap-Musiker.

Projekt: Rap-Texte selbst machen

Ben schreibt eigene Texte, zu denen er Rap-Musik macht. Einige Texte sind auch in dem Roman zu lesen. In diesem Projekt könnt ihr euch nun einmal intensiv damit beschäftigen, selbst solche Texte zu schreiben und auch die Musik zu machen.

Einstimmung / Vorüberlegungen: Überlegt, was euch gerade besonders beschäftigt. Welche Gefühle habt ihr dabei? Welche Gedanken gehen euch durch den Kopf? Mit welchem Thema möchtet ihr euch beschäftigen? Schreibt ungeordnet eure ersten Ideen auf.

Weiterarbeit: Vergleicht eure Ideen miteinander. Gibt es Gedanken, Einfälle, die euch – alle – besonders interessieren? Einigt euch auf einen Themenbereich. Nun könnt ihr darangehen, erste Zeilen zu „dichten".

Fertigstellung: Vielleicht entsteht so eine erste Strophe oder sogar schon ein ganzer Songtext.

Hinweis: Beim Rap ist wichtig, dass der Text einen gewissen Rhythmus hat.

Info-Box: Rap-Musik

Das Wort „Rap" kommt aus dem Englischen „to rap" und bedeutet soviel wie „plaudern", „schwatzen". Mit Rap-Musik ist ein schneller und rhythmischer Sprechgesang gemeint. Dabei ist bei der deutschen Übersetzung von „to rap" auch „klopfen" oder „pochen" gemeint. Das kennzeichnet dann schon deutlicher die hauptsächlichen Elemente der Rap-Musik. In vielen Rap-Texten geht es um die Darstellung der eigenen Person, der eigenen Befindlichkeit, aber auch der Wirklichkeit. Nicht selten werden in Rap-Texten Gewalt und Kriminalität, Drogen, das Ausleben von Gefühlen und Trieben wie Sex oder Rache dargestellt.

Poetry-Slam

Ben lässt sich zur Teilnahme an einem Poetry-Slam (siehe hierzu die Info-Box: Poetry-Slam) überreden. Er übt fleißig für seinen Auftritt. Allerdings kommt es nicht dazu.

Aufgaben:

1. Unmittelbar vor der Poetry-Slam-Veranstaltung geraten Ben und Fabian in einen Streit. Dabei wird Ben handgreiflich und prügelt auf Fabian ein. Dies führt dazu, dass Ben nicht am Wettbewerb teilnimmt. Berichte von dem Streit zwischen Ben und Fabian. Fertige hierüber eine kurze schriftliche Darstellung, in der alles Wesentliche festgehalten wird; wie in einem Protokoll.

2. Diskutiert die Situation vor dem Poetry-Slam-Wettbewerb. Wie verhalten sich Fabian und Ben?

3. Wie beurteilst du das Verhalten Bens?

4. Welchen Anteil hat Fabian an dem Streit?

5. Wie hättest du dich in der Situation an Bens Stelle verhalten?

6. Welche anderen Lösungsmöglichkeiten des Konflikts zwischen Ben und Fabian wären möglich gewesen? Spielt dies in einem Rollenspiel einmal durch. Verständigt euch auf verschiedene Möglichkeiten der Konfliktlösung. Besprecht anschließend eure Darstellungen in der Klasse.

Info-Box: Poetry-Slam

Der Begriff Poetry-Slam setzt sich aus zwei englischen Wörtern zusammen, und zwar dem Nomen poetry („Dichtung") und dem Verb slam (zuschlagen, zuknallen ...).
Als Poetry-Slam wird ein literarischer Vortragswettbewerb bezeichnet. Hierbei treten verschiedene Texter und Texterinnen auf, die einen selbstgeschriebenen Text einem Publikum vortragen. Meist haben sie dafür

eine bestimmte Zeit zur Verfügung. Nach dem Vortrag aller Texte bewerten die Zuhörer die Vorträge und bestimmen eine Siegerin / einen Sieger. Bei den Vorträgen spielt nicht nur der eigentliche Text eine Rolle, sondern auch die Art und Weise der Präsentation. Man spricht in diesem Zusammenhang auch von der Performance bzw. Selbstinszenierung.

Beziehung zwischen Ben und Liz

Ben lernt Liz auf einer Party kennen, bei der er mit seiner Musik aufgetreten ist. Schon am ersten Abend fühlt sich Ben von Liz angezogen. Im Laufe der nächsten Zeit treffen sie sich immer wieder. Ihr Vertrauen zueinander nimmt ständig zu, ihre Verbundenheit wird schnell größer.

Aufgaben:

1. Ben und Liz, die sich auf einer Party kennenlernen, haben schon bald einen Draht zueinander. Stellt die Begegnung in einem Rollenspiel nach. Dabei können auch neue Situationen bzw. Verhaltensweisen in eure Darstellung einfließen.
2. Schnell entwickelt sich zwischen Ben und Liz ein inniges Verhältnis. Wodurch ist dieses Verhältnis geprägt?
3. Ergänze eventuell die bereits bestehenden Charakterisierungen von Ben und Liz (siehe Charakerisierung).
4. Für Ben hat Liz eine große Bedeutung. Woraus ergibt sich, dass Liz so wichtig für ihn ist?
5. Warum fühlt sich wohl Liz von Ben angezogen?

6. Welchen Einfluss hat Liz auf den Umgang Bens mit der Alkoholsucht seines Vaters?
7. Wieso hat sich wohl Liz so schnell und so so gut mit Bens Mutter verstanden?
8. Eine besondere Situation führt zu einem Konflikt zwischen Ben und Liz. Beschreibe dies.
9. Was ist ausschlaggebend dafür, dass die beiden wieder zueinander finden?

Sprache des Romans
Der Autor benutzt in seinem Roman immer wieder eine Sprache, die typischerweise vor allem von Jugendlichen gesprochen wird.

Aufgaben:
1. Nenne konkrete Beispiele, bei der keine Hochsprache verwendet wird.
2. Was bewirkt die Verwendung einer Sprache, die nicht immer nur Hochsprache ist, beim Leser? Wie wirkt dies auf dich?

Präsentation eurer Arbeitsergebnisse
Am Ende der Beschäftigung mit dem Roman ist es sinnvoll, seine Arbeitsergebnisse zu präsentieren. Dazu bieten sich verschiedene Möglichkeiten an. Einige werden hier nun vorgestellt:
• **Ausstellung:** Ihr stellt eine Ausstellung mit Fotos, Collagen, Texten zur Interpretation des Romans, Romantagebüchern ... zusammen und präsentiert sie auf Plakaten, die ihr zu einer Ausstellung zusammenstellt.

- **Beamer-Präsentation:** Alle bzw. die wichtigsten Arbeitsergebnisse werden mit Hilfe einer Power-Point®-Präsentation in der Klasse vorgeführt.

Weitere Unterrichts- und Präsentationsideen:
- **Szenische Lesung:** Ihr arbeitet den Romantext zu einer szenischen Lesung um. Hierzu könnt ihr Gruppen bilden, jede Gruppe übernimmt bestimmte Kapitel des Romans. Nun bereitet jede Gruppe ihren Teil der szenischen Lesung vor. Was bei einer szenischen Lesung alles zu beachten ist, erfahrt ihr in der Methoden-Box: Szenische Lesung.

- **Foto-Roman:** Die Handlung des Romans wird in Fotos umgesetzt und anschließend mit Untertiteln versehen. Auch hier können wieder Gruppen gebildet werden und jede Gruppe bearbeitet bestimmte Kapitel. Anschließend können alle Gruppenarbeiten zu einem gesamten Foto-Roman zusammengefügt werden. Wie ein Foto-Roman erarbeitet werden kann, erfahrt ihr in der Methoden-Box: Foto-Roman.

- **Hörspiel:** Eine anspruchsvolle Idee, deren Umsetzung aber auch sehr viel Spaß machen kann, ist die Erstellung eines Hörspiels. Es bietet sich an, drei oder vier Gruppen zu bilden, die sich jeweils mit bestimmten Kapiteln des Buches beschäftigen. Wenn alle Gruppen ihren Part erfüllt haben, kann ein gemeinsames Hörspiel zusammengestellt werden. Zur Erarbeitung eines Hörspiels schaut euch die Hinweise in der Methoden-Box: Hörspiel an.

Beratungsstellen / Hilfsorganisationen:

- NACOA Deutschland – Interessenvertretung für Kinder aus Suchtfamilien e. V., Gierkezeile 39, 10585 Berlin / Tel. 030-35122430 / *www.nacoa.de*
- *www.kenn-dein-limit.de*
- *www.anonyme-alkoholiker.de*
- *www.dhs.de/dhs-international/deutschgerman/ forum-alkohol-und-gesundheit.html*
- *www.dksb.de/de/startseite/*

Markus Fegers
Herz+Schmerz

Die 14-jährige Paula hat einen **Herzfehler.** Deshalb muss sie jetzt sogar **operiert werden.** Vor allem Simon macht sich Sorgen … und ist sie etwa in Simon **verliebt?** Das wäre eine **Katastrophe.** Simon mag Paula, keine Frage. Auch wenn sie ihm manchmal auf den Geist geht, weil sie so stur ist und immer mit dem Kopf durch die Wand will. **Mit Unterrichtsideen!**

Softcover DIN A5, ab 12 J., 96 S.
Best.-Nr.: LI120, EUR 6,50, ISBN 978-3-86740-957-5

Sabrina Schellhoff
Fremd+Land

Ein halbes Jahr in Kanada: Diese Erfahrung macht der 15-jährige Tim, der sich in das fremde Land aufmacht, um sein Englisch zu verbessern. Er lebt in einer Gastfamilie, mit der er nur wenige Worte gewechselt hat, geht zur High School und versucht, seinen neuen Alltag zu meistern. Neben den Sprachproblemen macht Tim die Erfahrung zu schaffen, zum ersten Mal in seinem Leben der „Ausländer" zu sein … **Mit Unterrichtsideen!**

Softcover DIN A5, ab 13 J., 96 S.
Best.-Nr.: LI122, EUR 6,50, ISBN 978-3-86740-959-9

Marcel Rau
Hass+Liebe

Hätte die 15-jährige Lara geahnt, in wenigen Wochen in den Lauf einer geladenen Pistole zu blicken, hätte sie sich vermutlich ihr langweiliges Leben zurückgewünscht. Sie findet ihre erste große Liebe – und auch die **vermeintlichen Antworten.** Doch Vorurteile und Rassismus können nicht die Antwort sein. Aber bleibt genug Zeit, die unvermeidbar scheinende **Katastrophe** doch noch aufzuhalten? **Mit Unterrichtsideen!**

Softcover DIN A5, ab 14 J., 124 S.
Best.-Nr.: LI123, EUR 7,00, ISBN 978-3-86740-960-5